感悟一生的故事

人格 故事

曹金洪　编著

北方妇女儿童出版社

·长春·

版权所有　侵权必究

图书在版编目（CIP）数据

人格故事 / 曹金洪编著 . —— 长春：北方妇女儿童出
版社, 2010.6（2024.3重印）

（感悟一生的故事）

ISBN 978-7-5385-4660-6

Ⅰ. ①人… Ⅱ. ①曹… Ⅲ. ①故事 – 作品集 – 世界
Ⅳ. ①I14

中国版本图书馆CIP数据核字(2010)第083509号

人格故事

RENGE GUSHI

出 版 人	师晓晖
策 划 人	陶　然
责任编辑	于　潇　刘聪聪
开　　本	710mm×1000mm　1/16
印　　张	11
字　　数	200千字
版　　次	2010年6月第1版
印　　次	2024年3月第6次印刷
印　　刷	旭辉印务（天津）有限公司
出　　版	北方妇女儿童出版社
发　　行	北方妇女儿童出版社
地　　址	长春市福祉大路5788号
电　　话	总编办：0431-81629600

定　　价　49.80元

前言

　　是浮华的风带不走燥热的怅然，是盲动的雷也震不醒驿动的灵魂。这世间的一切，太多的幻想，太多的浮华，太多的……只有呼吸着的每一天，才感受到她的价值，她的真实。此刻，生命对于我们来说，只有一次，可以把握，可以珍惜。

　　于万千红尘中，我们不停地奔波着，劳碌着，快乐着也痛苦着，其目的就是为着生活，为着活着的质量。是血浓于水的亲情带着我们赤裸裸地来到这个尘世，当我们响亮的第一次啼哭，带给父母这一辈子最动听的音乐的同时，我们便与亲情紧密相连，永不可分了。也许前行的路荆棘丛生，也许前行的路坑坑洼洼，也许前行的路一马平川，但我们只要带着亲人们真切的惦念，带着亲人们殷殷的祈盼，就不会迷失前进的方向，就不会沉沦于泥潭沼泽里而不能自拔。

　　历经人生沧桑时，或许有种失落感，或许感到形单影只，这时，总会有一种朋友，无须形影相随，无须感天动地，无须多言，便心灵交汇，又能获得心灵的慰藉；在饱受风霜时，总会有一种朋友，无须大肆渲染，无须礼尚往来，无须唯美的表达方式，就能深深地感受到一种力量与信心，就能驱动前行的脚步。朋友无须多而在于精，友情也不必锦上添花，而在于雪中送炭。

　　童话故事里，我们经常看到王子吻醒了沉睡的公主，或是公主吻到中了魔法的青蛙，便可以幸福地结合在一起，永不分开。在这世上，也许有一份真爱可以彼此刻骨铭心到地老天荒，也许有一种真情彼此生死相依到海枯石烂。而这份真情、这份真爱却因世事的沧桑而深入到人们的骨子里，成为人们心中永恒的痛。

　　爱，有时，真的就是一种感觉，一种魂牵梦萦的感觉；有时，真的就是一种意境，一种心手相携的意境；有时，又会是一种情怀，一种两情相悦的情怀……

也许，真的如他人所说吧，亲情、友情、爱情，抑或其他值得珍惜的情谊，只是一种修为。所有的绝美，也许应该有一个绝美的演绎过程。我们所能做的，就只有把这种"永存"记录下来，让更多人从中获得感悟，获得启迪。

岁月如歌，有一些智慧启发我们的思想；有一些感悟陪伴我们的成长；有一些亲情温暖我们的心房；有一些哲理让我们终生受益；有一些经历让我们心怀感恩……还有一些故事更让我们信心百倍，前进不止。一个个经典的小故事，是灵魂的重铸，是生命的解构，是情感的宣泄，是生机的鸟瞰，是探索的畅想。

这套丛书经过精心筛选，分别从不同角度，用故事记录了人生历程中的绝美演绎。

本套丛书共20本，包括成长故事、励志故事、哲理故事、推理故事、感恩故事、心态故事、青春故事、智慧故事、人格故事、爱情故事、寓言故事、爱心故事、美德故事、真情故事、感恩老师、感悟友情、感悟母爱、感悟父爱、感悟生活、感悟生命，每册书选编了最有价值的文章。读之，如一缕春风，沁人心脾。这些可贵的精神食粮，或许能指引着我们感悟"真""善""美"的真正内涵，守住内心的一份恬静。

通过这套丛书，我们不求每个人都幸福，但求每个人都明白自己在生活。在明白生命的价值后，才能够在经历无数挫折后依然能坦然地生活！

目录

🌂 迟到的诚实

🌂 最温暖的阳光

美丽人格创造奇迹

穷人的自尊

衣袖上的疤

保护自己的人格

有的时候，为了遵守一个不重要的约定可以不惜付出不必要的代价，只为遵守约定，只为出于礼貌，只为对自己人格的一种肯定。这是保护自己人格的行为，真的是难能可贵。

榜样的力量

尉颖颖

故事发生在一个居民住宅楼里。

大家都把垃圾倒在巷口的那块空地上，日子长了，地上便狼藉一片。后来，环卫部门根据居民的建议，在这里建了个垃圾箱。从此，这里的卫生状况就有了好转。可是时间一长，问题就来了，垃圾箱周围又散乱地堆起了脏物，到了夏天，就蚊蝇成群，臭气扑鼻，令人不堪入目。只因有人倒垃圾的时候少往前跨了几步，你离三步倒过去，垃圾就随风飘飞，他离五步撒出去，天女散花。半天不到，垃圾便延伸到了路中心，行人虽然牢骚满腹，也只好踮起脚尖屏住呼吸快步通过。

终于有一天，墙上出现了一行字：请上前几步倒垃圾！措辞很和善。可是没用，乱倒垃圾的现象依旧。

一天，人们发现墙上的字改了：禁止乱倒垃圾！态度比较严肃了，语气是命令式的。可是十几天过去了，情况仍未有好转。

于是墙上的字换成了：乱倒垃圾者罚款一百元！口气变得很威严，好像极具震慑力。可还是没人理睬，依然乱倒，依然狼藉。

后来出现了一行骂人的话：乱倒垃圾者是猪狗！到了这样的地步，我们似乎看到了书写者既忍无可忍又无可奈何的窘态。可是谁会买你的账呢？反正你也没亲眼看见谁在乱倒，结果当然可想而知。

事情虽然不算大，却令人揪心。可又有什么办法呢？

谁也没想到，今年以来情况居然发生了奇迹般的转变，再没有人在这里乱倒垃圾了，周围也再找不到一点儿脏物，墙上那条改换了多次的标语也不见了。

这是怎么回事？这和一个人有关，他住进了这栋楼里。这是一个什么人，有这么大能耐？他不是政要，不是名人，不是劳模，也不是哪里派来的卫生监督员，他是一个年届花甲的普通老人，而且是个盲人。自从他和老伴儿住来之后，每天早晨他要做的第一件事，就是出门走三十米去倒垃圾，奇怪的是，他总能准确地把垃圾倒进垃圾箱。

有人问他："大爷，您双目失明，怎么能把垃圾倒进箱里去的？"

他答道："开始也倒不准，时间长了，我心里就有数了。"

人们退而思之，叹服不已。好一个"我心里有数"！

其实人人心里都有数。盲人想得很简单，也很坚定：垃圾是应该入箱的，否则就会弄脏环境。所以他每天默默地数着脚步，一步一步，开始由老伴儿搀着，后来独自摸向垃圾箱，准确无误地将垃圾倒进去。

人们的善心和良知往往会受某种外来善举的影响而被激发出来，在潜移默化中慢慢改变着自己的行为，这就是榜样的力量。

心灵 寄语

一个失明老人的简单举动，竟然改变了整个住宅楼的居民的行为，这就是榜样的力量。这种力量不需要靠外在言辞的约束，也无须靠外力强制实行，而是从人们的内心中被激发出来，指导着人们的一举一动、一言一行。

为他人开一朵花

凝　丝

有一个小山村，风景十分优美，它的后山的幽涧里有喷珠溅玉飞金泻银的壮美瀑布群，它前面的河流里有荷花和芦苇，还有成群的野鸭和各种珍奇的水鸟。

村庄里的人想搞旅游开发，但因为到电视台和报纸上做广告要花很多钱，而村里的人又没有钱，所以好多年了，到村庄来游览的游人一直都很少。一天，村里的一个女孩儿出主意说："想引游人来，不如在通往我们村的路旁都种上花朵，有了花朵，外边的人即使走马观花也会走进来的。"许多人都摇头嘲笑女孩儿的主意。女孩儿说："咱们村每家每年都种油菜呀，油菜花也是花，如果咱们每家都把自家的油菜种到山路两旁的地里，既不耽误每家秋天时收获油菜籽，又有了招引游人的山间花廊，这是多么美的事情啊！"村里的人们想想，觉得女孩儿说得不错。于是，每家都把自己的油菜地留在了通往公路的山道两旁。

阳春三月，山道两旁的油菜花开了。那金黄的油菜花像两条锦毯，蜿蜿蜒蜒从公路相接的地方一直盛开到了大山深处，窄窄的山道上花香扑鼻，引得蜂飞蝶舞、鸟鸣虫唱，外边的游人还没来，村庄的人自己就深深沉醉在这迷人的景色中了。后来，几个偶然经过这里的人沿着油菜花廊走进来了，他们在村庄后边的山洞里流连忘返，他们在村庄前边的荷叶间陶醉和沉迷。他们忘情地拿着自己的相机，快门在村庄里咔咔响个不停。没几天，城市的报刊上大幅大幅刊登上了这个村庄的风光摄影图片，电视上也纷纷播映了这个村庄的风景画面。

于是，记者来了，画家来了，络绎不绝的游人争先恐后地一群群涌来了，这个名不见经传的山村很快就成了方圆数百里的风景名胜。电视台的记者采访村里的人："你们这大山深处的人，没登旅游广告，没搞旅游推介，为什么却能把这里的旅游搞得这么火呢？"村里的人憨厚地在电视画面上笑着说："因为我们为别人开了一朵自己的油菜花。"

"为别人开了一朵自己的油菜花？"记者愣了，观看这个电视采访的许多观众都愣了。

为别人开一朵自己的花，许多陌生的人就会靠近你的花朵来；为别人开一朵自己的花，许多陌生的心灵就会靠近你的心灵来；为别人开一朵自己的花，春光就会到你的花蕊中驻留下来……

谁能向世界敞开自己心灵的花瓣，岁月便会赋予它最美最甜的果实。

心灵 寄语

美丽的油菜花，将幽静的山村小镇装扮得风光绮丽、风景如画。为他人开一朵花，让陌生的心灵在你的花香里流连忘返；为自己开一朵花，让心灵的花瓣随风飘扬，飞向远方……

行　善

碧　巧

　　快下班的时候，一对年轻的夫妻抱着几个月大的孩子来上户口。从他们递上来的资料里我看到孩子姓名的后两个字是"行善"。"很特别啊！"我把头抬起向他们笑笑。

　　"是的，而且有不同寻常的意义。"那个男人说，"因为我们——我是说，我、我的妻子和我们的孩子，我们都是'6·22'海难事故的幸存者。"

　　2002年6月22日，浓雾弥漫。他和妻子坐上曾坐过多年的"榕建号"客轮。那天，准载一百人的客船实际承载了二百多人，没有一个人意识到死神正伸出狰狞的双手逼向他们。

　　当过重的船身骤然倾覆，一瞬间，他的大脑也如当时的场面般混乱。他的耳边充斥着惊慌失措的哀号、尖叫和哭泣的声音。他看到许多双绝望挥舞的手和渐渐随着水流沉浮远去的头颅。他根本来不及细想究竟发生了什么，只是在一种求生本能的驱使下奋力划水。当他筋疲力尽地爬上岸仰面朝天喘着粗气的时候，他清楚地知道自己那不会游泳的已有孕在身的妻子恐怕早已……

　　就在这时他发现河流里漂来了什么，好像是一个女人的头发。扑腾的水花表明那个人还活着，并且正在努力求生。他已经很累了，近乎虚脱，但"救人"的念头还是强烈地占据了上风，他又跳了下去。

好不容易把那女人拖上岸，他却虚弱得已睁不开眼睛。两个人就这么水淋淋地躺着。不知过了多久，昏厥中的他听到了喧闹的人声，是救援的人们过来了。他被人家扶起来，出于好奇，他忍不住去望了一眼他救的女人，这一下他惊得"噌"地跳起来——那个也同样睁着一双惊慌的眼睛望着他的女人，竟然是他的妻子！世界忽然死一般寂静，时间仿佛在那一刻停止了流动……蓦地，夫妻俩抱头痛哭！

"如果……"故事讲到这里，我正要插嘴，那个男人制止了我："你是想问，如果当时我侥幸自保而没有救人的话……"

我默然，事实上谁都知道这是一个再简单不过的答案。

可这答案，却维系着两个至亲至爱的生命！一念之差，得与失又是如此分明啊！

"天是有眼的。助人者天助。所以我们给孩子取名'行善'。我们无论在什么情况下，都不能放弃哪怕是一次微不足道的行善机会。"

心灵 寄语

罗曼·罗兰曾说过："灵魂最美的音乐是善良。"正是由于一份执着的善念，妻子和未出世的孩子才得以保全生命，这是善行开出的美丽之花。无论何时，无论何地，请不要放弃心中的善良。

努力能改变局势

静 松

从小到大，比特无论做什么事都比别的孩子慢半拍，同学们讥笑他笨，老师说他不努力。无论他怎么试图去做、去改变自己，他从来都做不对。直到比特上了九年级后，才被医生诊断出患有动作障碍症。高中毕业时，比特申请了十所最最一般的学校，心想怎么也会有一所学校录取他。可直到最后，他连一份通知书也没有收到。

后来，比特看了一份广告，上面写着："只要交250美元，保证可以被一所大学录取。"结果他付了250美元，果真有一所大学给他寄来了录取通知书。看到这所大学的名字，比特即刻想起了几年前，一份报纸上写着有关这个大学的文章："这是一所没有不及格的学校，只要学生的爸爸有钱，没有不被录取的。"当时比特有一个信念："我要用未来去证实这个错误的说法。"

在这个大学上了一年后，比特就转到另一所大学，大学毕业后，他进入了房地产行业。

22岁时，他开了一家属于自己的房地产公司。此后，在美国的四个州，他建造了近一万座公寓，拥有900家连锁店，资产数亿美元。后来，比特又进入到银行业，做起了大总裁。

比特是一个笨孩子，他是怎么走向成功的呢？下面三点就是比特自己讲述的：

第一，每个人都有自己最强的一项，有人会写，有人会算，对有些人难的，对另一些人也许却很简单、很容易。我想强调的是：一定要做最适合自己的事情，不要为了迎合别人的口味而去做一件不属于自我，但是又要付出巨大代价的难事。

第二，我非常幸运自己有如此谅解我、对我容忍又耐心的父母，如果有一个考题，别人只用15分钟，而我必须用两个小时才能完成，这个时候我的父母从来不会因此而打击我。对于我的父母来说，只要自己的儿子尽力而为就可以了，这就是他们的目的。

第三，我从不跟自己的同班同学竞争，如果我的同学又高又大，跑得很快，而我又小又矮，跑得很慢，那为什么一定要跟他们比呢？知道自己在哪里可以停止，这非常重要。我也曾经问过自己千百次，为什么别人可以学习得那么轻松？为什么我永远回答不了问题？为什么我总是不及格？当知道自己的病症以后，我得到了专业人士的关爱和解释："理解自己和理解周围，非常重要。"

心灵 寄语

勤能补拙，人无完人。即使在某一方面你是一个弱者，只要通过不懈的努力，你就可以在另一方面找到自己的强项。现在的弱势只是短暂的，因为你有决心、有动力找到适合自己做的，这才是生活的真谛。

缓杖的秘密

雪 翠

　　曹彬在宋初曾官至宰相。当初，他在任徐州知州的时候，手下有一个年轻的小吏因办事疏忽而导致工作失误，按规定要处以杖刑，可在处理小吏的时候，他却在处理文书上写下"缓杖"二字。

　　大家都知道曹彬从来就是执法如山，还以为他这次要法外施恩呢，也就没有在意。可过了几个月，大家都早已将这件事忘了的时候，曹彬却对手下的人说："某吏的失职之事，其杖刑可以执行了。"打完板子之后，手下人都感到莫名其妙，有人实在忍不住心中的困惑，就问道："某吏失职是在数月前，为什么其杖刑却等到现在才执行呢？"曹彬叹了口气说："那时，我曾偶尔听到有人说他刚娶妻才两天，如果对他处以杖刑，那么他的家人一定会说是新娘带来的晦气，并会进一步说她妨夫，那么其公婆姑舅就会不再尊重这个'丧门星'，甚至辱骂或殴打她，这样她在这家里还能活下去吗？这样的事也不是没有发生过啊！所以，为了防止这样的事发生，我故意把杖刑给推迟了，虽然晚杖了几个月，但我并没有枉法啊！"人们听了回答，无不对曹彬深怀的善良和恻隐之心深表叹服……

　　办事富有人情味，可以说是贯穿于曹彬的一生。

　　周世宗显德五年，曹彬奉命出使吴越。吴越人知道周世宗早晚有一天要统一天下，因曹彬在后周王朝的地位很高，许多达官贵人都偷偷来给他送重礼，希望日后能给自己留条后路。然而，曹彬都一一谢绝了。办完了公事，乘船回去的路上，吴越王钱镠派人乘轻舟为曹彬送上重礼，吴越王显然也是为了让曹彬回去后多为自己美言几句，但他一连送了三次都被曹彬所拒绝，到了第四次的时候，曹彬却吩咐手下收下，并叹道："我曹彬虽非贪财之人，但却不是无情之人啊！吴越王如此再三地送礼，正是想有求于我，我若再不收下，让一个国王的脸面往哪里放啊！何况我要是再拒绝下去，一定也会有人说我是为了贪图名声！"回到朝廷，曹彬复命后，立即就把吴越王送的金银财宝献到大堂之上。周世宗了解曹彬的为人，知道他是不得已而为之，就强令他收下礼物。曹彬不敢抗旨，只得谢恩。曹彬把礼物带回家后分给了手下的人，自己竟不留一文。

　　陈桥驿兵变，赵匡胤黄袍加身做了皇帝。一日，赵匡胤对曹彬说："我当初做点检的时候，就非常欣赏你，有心想与你交朋友，可你为什么总是故意疏远我呢？"曹彬答道："我作为周室的近亲，又在朝内任职，恭敬守职，还担心会有什么过失，哪里还敢有妄自结交的念头呢！"从此以后，宋太祖更加器重他。乾德七年，赵匡胤为了统一天下，命曹彬率大军消灭最后一个国家——南唐王朝。大军所到之处，所向披靡，至开宝八年春，曹彬的大军已围于金陵城下。长围中，曹彬总是故意缓攻之，一再寄书李煜："事势如此，金陵城已指日可下，所不忍心的是一城百姓也惨遭涂炭，愿你能以全城的人民为念，早日归命于天朝，这才是上策啊！"然而，李煜是个没有主见的人，群臣又意见不一，总不能决断。至年底，攻城愈急，城将破之时，曹彬突然称病不问事，众将不知如何是好，都来看望。曹彬说："我的病不是药石所能治愈的啊！除非诸公愿诚心自誓，破城之日，不妄杀一人，我的病自然也就好了。"诸将明白曹彬的良苦用心，便焚香为誓。两日后城破，大军直捣李煜的皇宫，李煜率百官投降。诸将严格约束手下的兵众，全军畏服，竟无一人敢妄自轻慢放肆……

　　曹彬一生为官，位极人臣，但他却清廉公正，执法如山。更重要的是他有一颗非常善良的心，从他在执法中考虑一个素不相识的女人的命运，到城破之日仍担忧一城百姓的性命，特别是作为一个军人，这种品格是多么的难得啊！做人做到这一步，其境界和修养，确实已经达到了臻美的极致啊！

在今天的现实中，有人总是认为善良的人会吃亏，其实这是一种对善良的误解，善良并不是懦弱无能。曹彬缓杖，体现了他的善良，但并未枉法；城将破时，为一城百姓的安危，他称病让诸将立誓不妄杀一人，但并未影响宋太祖统一天下的大业……如此，我们从他的身上看到了：善良，是开放在我们心灵沃野里的一朵至纯至美的花，是我们的道德修养之树上成熟的一颗最甜美的果实。为官者若有一颗善良的心，就能得到人们的一致拥戴和称赞，仕途也往往会有更多的机遇；经商者有一颗善良的心，其客户就会纷至沓来，生意蒸蒸日上；就是一般的平民百姓有了一颗善良的心，也会像烈日下的一片绿荫，赢得人们的景仰和敬重。

心灵寄语

执法者心系万民，百姓就会因此而得到庇护；为官者道德高尚，政治就会清正修明；为将者心存善念，生灵就会免遭涂炭。善良不会阻碍成功者的脚步，反而会让他们名垂青史、千古流芳。

保护自己的人格

雅 枫

　　1779年，德国哲学家康德计划到一个名叫珀芬的小镇，去拜访老朋友威廉·彼特斯。康德动身前曾写信给彼特斯，说自己将于3月2日上午11点之前到达。

　　康德3月1日就赶到了珀芬小镇，第二天早上租了一辆马车前往彼特斯的家。老朋友的家住在离小镇12英里远的一个农场里，小镇和农场中间隔了一条河。当马车来到河边时，细心的车夫说："先生，实在对不起，不能再往前走了，因为桥坏了，很危险。"

　　康德下了马车，看了看桥，中间的确已经断裂了。河面虽然不宽，但水很深，而且结了冰。

　　"附近还有别的桥吗？"康德焦急地问。

　　车夫回答说："有，先生。在上游6英里远的地方还有一座桥。"

　　康德看了一眼怀表，已经10点钟了。

　　"如果赶那座桥，我们以最快速度，什么时候可以到达农场？"

　　"我想大概得12点30分。"

康德又问："如果我们经过面前这座桥，以最快速度什么时间能到达？"

车夫回答说："最快也得用40分钟。"

康德跑到河边一座很破旧的农舍里，客气地向主人打听道："请问你的这间房子要多少钱才肯出售？"

农妇大吃一惊："您想买如此简陋的破房子，这究竟是为什么？"

"不要问为什么，您愿意还是不愿意？"

"那就给200法郎吧！"

康德付了钱，说："如果您能马上从破房上拆下几根长木头，20分钟内把桥修好，我就将房子还给您。"

农妇把两个儿子叫来，让他们按时修好了桥。

马车平安地过了桥，飞奔在乡间的路上。10点50分，康德终于赶到了老朋友的家。

在门口迎候的彼特斯高兴地说："亲爱的朋友，您可真守时啊！"

康德在与老朋友相会的日子里，根本没有对其提起为了守时而买房子、拆木头过河的经过。

后来，彼特斯在无意中听那个农妇讲了此事，便很有感慨地给康德写了一封信。信中说道："您太客气了，总是一如既往地守时。其实，老朋友之间的约会，晚一些时间是可以原谅的，何况您还遇到了意外。"

一向一丝不苟的康德，在给老朋友的回信中写了这样一句话："在我看来，从一定意义上说，无论是对老朋友，还是对陌生人，守时就是最大的礼貌。"

心灵 寄语

有的时候，为了遵守一个不重要的约定可以不惜付出不必要的代价，只为遵守约定，只为出于礼貌，只为对自己人格的一种肯定。这是保护自己人格的行为，真的是难能可贵。

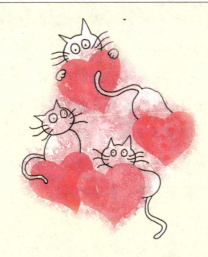

生活在鲜花与掌声之外

范子盛

又到过节，应酬宴饮，举杯频繁。这是一个无偿奉送鲜花和掌声的节日，每个人都收获了比平时多一倍的关注和称赞。所幸一年也不过数天的狂欢，不至于把人灌醉到不知东南西北，每个人都能及时清醒过来，找准自己的位置。

怕就怕一个人经年累月被鲜花与掌声包围，神智就会被它们催生出的热量烤坏。一直为庞秀玉感到可惜。当年对她火热的宣传造势到现在我还记得。她是少年神童，大师巴金写信鼓励她好好学习，很多地方请她签名售书、做演讲。在她访日期间，一位日本小朋友拉着她的衣襟说，长大后一定要来中国，向她学习读书、写作。没想到，若干年后再见到她，她已经是一个让人伤心的仲永了。

都是鲜花和掌声惹的祸。怪只怪荣誉来得太快、太猛，把一个小孩子的心给"忽悠"乱了。心静不下来，学习怎么会好？一个没有足够积累的小姑娘，又有什么能力在文学之路上披荆斩棘，一路高歌向前？

这就是鲜花与掌声以外的真实生活。原来热闹而热烈的鲜花与掌声是最不负责任的。这些只不过是一场华丽而有毒的盛宴，一个飘飞着的五光十色的肥皂泡，当泡破梦醒，曲终人散，真实生活已经被破坏得千疮百孔。这个，谁来负责？

其实，根本就不必质问，也无法向任何人质问，每个人都是怀抱善意的，只是谁也没有想到，这种善意会转化成只能让一个人独自承担的苦涩命运罢了。说到底，生活只能由自己负责，而不能由献给自己鲜花和掌声的人来负责。

素有"吉他之神"美誉的英国摇滚巨星艾瑞克·克莱普顿，在20世纪90年代初凭着一曲经典作品——《泪洒天堂》，获得格莱美奖——这是用他孩子的生命换来的荣耀。艾瑞克五岁的孩子因保姆的疏忽，不小心坠楼，年幼的生命惨遭摧折。这位受世界音乐人尊崇艳羡的"吉他之神"，拥有了全世界的掌声，却保不住他挚爱的孩子。

这就是生活的真相，再多的鲜花和掌声，也无法让一个哀痛的父亲怀抱活蹦乱跳的孩子，抵达刻骨铭心的幸福彼岸。真正的生活永远在鲜花与掌声之外，而鲜花与掌声，只不过是站在自己的生活外围的一个冷漠的看客，甚至刻薄地说，鲜花与掌声，是围着餐布，抢着刀叉，准备随时把你分而食之的。当把你吃光啃净后，它们马上转向下一个目标，根本不管你的生活被它搅扰得怎样的乱七八糟。

说到底，鲜花和掌声之于生活，只不过犹如松之有风，月之有影罢了。风既非松之专有，影也不是月亮贴身的保镖。湘云说"寒塘渡鹤影"，但是在这个豁达的女子心里，渡也就渡了，不会让鹤影就此留在塘心的。就像现在，节也过了，烟花爆竹在半空炸开了，梅红喜庆的碎屑落了我们一身，只需轻轻拂掉，并不需要把它像披红挂彩一样披在身上，琼林宴饮，跨马游街。

但是，鲜花是香的、美的；掌声是响的、亮的。赞美如美酒，如醇醪，谁不愿意痛饮一番呢?有梦的，继续做梦吧，尽可以梦见自己站在舞台中央，强烈的聚光灯打在自己身上，鲜花如海，掌声如潮。只是莫忘了给自己提个醒：真正的生活永远在鲜花与掌声之外，痛痒之处，该独自承当。

心灵 寄语

　　鲜艳的花朵、闪烁的镁光灯和如雷的掌声只是人生舞台上引人关注的一瞬间，真正的生活是在舞台落幕，繁华落尽之时。不要让"春风得意马蹄疾，一日看尽长安花"的繁华景象迷醉了你的眼，内心的充实与宁静才是生活应有的态度。

简单的方法

颜如玉

M饭店的副总经理达吾接到顾客的投诉。顾客反映自己是这家饭店的常客，但每次来饭店的时候仍被当作是第一次来，这就很难让他们有宾至如归的感觉。

达吾马上找到了管理部门，要求负责人为曾经来过饭店的顾客单独建立一套电脑程序。但是负责人面露难色地说：

"如果要建立这样一套系统，至少需要五百万美元的经费和三年以上的时间。"

听到这样的答复，达吾也无可奈何，一时语塞了。

几周后，达吾到加利福尼亚出差，住在当地的G饭店。进入饭店大厅后，门卫比尔热情地迎接了他。达吾几年前就见过这个职员，比尔接过行李后，前台的女职员同样十分热情。

女职员面带亲切的微笑，对达吾说道：

"您好，达吾先生，欢迎您再次光临G饭店。"

达吾问女职员，为什么知道自己以前曾经来过这家饭店。

女职员做出了如下的解释：

客人进入饭店后，比尔会迎接客人，如果是比尔第一次见的客人，比尔就会问客人："您好，贵姓？您来过我们饭店吗？"如果客人回答曾经来过，比尔把客人介绍给前台的小姐时，就会摸一下自己的脸，意思就是："这位客人曾经来过！"

然后，女职员叫来了服务员。

"这位是达吾先生，今天晚上要住在我们饭店的克里斯托房间。"

女职员一边说，一边轻轻摸了摸自己的脸颊。服务员马上就看出了女职员的意图，说道：

"您好，达吾先生，很高兴再次为您服务，我感到非常荣幸！"

G饭店职员们之间默契的配合让达吾很受感动，他们没有花费几百万美元建立计算机系统，只是靠一个摸脸颊的简单方法就让老顾客有了宾至如归的感觉。

心灵 寄语

金钱能够买到许多东西，但是在许多珍贵的东西面前，它却显得那样的苍白无力，比如真挚的情感，纯洁的爱情，温暖的亲情或是温馨的感觉……只是一个简单的动作，其中传达出的不仅是爱，还有无尽的感动。

快乐是最好的药

语 梅

美国的盖洛普民意测验组织，对世界上十八个国家的人做了一次关于"你是否快乐"的抽样调查。参加测试的人数近二十七万，结果表明，冰岛人是世界上最快乐的人，百分之八十二的冰岛人表示满意自己的生活。

冰岛位于寒冷的北大西洋，也是世界上拥有活火山最多的国家之一，还有4536平方英里的冰川，堪称"水深火热"；冬天更是长夜漫漫，每天有二十小时是黑夜，可谓"暗无天日"。可是，就在如此恶劣的生存条件下，冰岛人的平均寿命雄踞世界之首。

冰岛的心理学家索罗尔非认为，冰岛人的快乐，是因为他们学会了与恶劣的大自然相处之道——艰难困苦教会了他们如何敞开心胸，从而对生活中的问题抱以宽容。

我曾经接触过一位冰岛学者。在他看来，如果你自己好了，周围的一切都将是好的。他是个酒鬼的儿子，但是他没有沉沦，最初靠打鱼为生，因为后来觉得"中国菜好吃"——就这么一个简单的理由，让他喜欢上了中国的文化……他说，不存在什么命中注定的受害者，每个人都是自己命运的主宰，每个人都可以通过改变对世界的看法来改变自己的命运。在冰岛，"愚蠢"的同义词是"多虑"或"心胸狭隘"。

我有些不理解，那位学者笑着问我："一个人如果只发挥了百分之十的聪明才智，那剩下的百分之九十都干什么用？"

我困惑地摇头，他幽默地回答："找阿司匹林治头痛！"因为一个聪明的人，他会用百分之百的心去寻找快乐。快乐是最好的药，而且没有副作用。最具智慧的人才会算好这笔账，但很多人不懂这些。

快乐的人有开阔的心胸，通过改善心理状态，让自己眼前明亮起来，并且看到未来的光辉。如果说，这世界上有什么最宝贵的东西，那就是——每个人都有一颗快乐的心。

心灵 寄语

快乐就像一串铃声清悦的风铃，让我们的心随着清脆的响声飘向远方的天边；快乐就像一剂心灵的良药，医治了我们心中的烦恼的痼疾。学着寻找快乐，让心灵像小鸟，飞过海洋，飞向太阳……

秘密是一种黏合剂

秋 旋

　　每个人都会有自己的秘密，因为每个人的生活中都会有隐私。因此，人活在这个世上总也离不开秘密。只是秘密有大有小，有多有少，而且会因为人迥异的经历而各不相同，但无论怎样都是秘密。秘密有痛苦的，也有甜蜜的；有复杂的，也有简单的。不管是哪一种，都很像是暗恋中的伴侣，在漫漫长夜里或折磨着你，或与你分享人生。

　　从经验来看，人生没有永不泄露的秘密，哪怕它再私密。在日常生活中，人们会以交换的方式来相互交换各自的秘密，以获取更多、更丰富的生活内容。秘密的功能原来始终存在着交换的一面。

　　仔细观察就不难发现，日常生活中谁对谁更为密切、更为友善、更为交心时，其实就是双方透露各自秘密的时候。

　　与人交流秘密，既是自己的需求，也是别人的需求。求同存异，双方都很容易达到一致，由于秘密的吐露，拉近了人与人的距离。吐露秘密的时候，人与人的相处会是人生来往中最为亲密的经典阶段。这个时候人往往会放下一切戒备，变得对对方无比的信赖和友好。这时人和人的关系也最为融洽。由此不难看出，原来秘密是人与人相处时最好的黏合剂。

不过，人是不会和所有人交流秘密的。人选择交流对象时十分慎重，只有对可以信任的人，值得交流的人，没有危险的人，只有对宽心肠的人才会敞开心扉。

因此，人与人吐露心中秘密时，永远都有一个相对固定的圈子。这个圈子会令你放心，让你感到温暖和可靠。也是由于秘密的吐露，才使你的这个圈子变得更为牢固而有意义。

吐露自己秘密的过程原来并不是一件坏事，而是一种共同的分享。在这一刻，秘密会成为疗伤的秘方，可以舒缓你的紧张情绪，甚至帮助你改善对生活的认识。真的，每当有人倾听你的秘密时，你就会得到某种心灵上的安慰，感到某种安全感和内心的释放。说出你的秘密，你就会感觉到一种自在的东西流遍你的全身。

世界上最怕的是从不讲出自己秘密的人。这样的人不但活得缺少愉快，还要有很多的伪装。他们在缺少真心的同时还会为自己平添许多障碍，比那些愿意敞开心扉的人要劳累许多。

在通常情况下，你对别人讲述的秘密越多。你听到的秘密也就越多，这是等同的。你听到的秘密越多，越证明你是一个可以信赖的人。

在这个世间，大家总愿意把秘密讲给那些善良、宽厚、有包容心的人去听。而一个愿意讲出自己心中秘密的人，一般也是心存友善，待人宽厚和可以交往的人。

心灵寄语

　　吐露秘密的人舒缓了自己的紧张情绪，聆听秘密的人感受到一种被信任的温暖。在喧嚣的都市中，能够自在地吐露秘密和聆听秘密是一件多么幸福的事呀！

和爸爸一起做音箱

诗 槐

"很抱歉，儿子，我们没钱。"这句话真是字字如雷，似要敲碎我的心。

那一年我十三岁，正值崇拜偶像的年纪。我迷恋甲壳虫乐队，剪了同样的发型，拥有一把挺好的吉他，独缺音箱。而我必须有一个音箱，否则不能组织自己的乐队。所以爸爸的话刚出口，我觉得甲壳虫乐队的《失落者》仿佛专为此而唱。

但同往常一样，爸爸总有办法实现我的愿望。"咱们自己做！"他说。自己做？我满心疑惑，但别无选择。从此，日复一日，爸爸牺牲所有的闲暇时光，和我一起为做"咱们自己的"音箱挑选木材、喇叭、蒙在音箱上的编织布料，甚至微不足道的黏胶。终于，我们完工了，我也将组队参加学校的比赛。但我心底始终有个疑惑挥之不去：花在材料上的钱几乎可以直接买一个音箱，我们为什么要自己做呢？

比赛的日子到了。当我去后台时，竞争者们陆续来查看我的家当。最后自制的音箱引起了他们的注意。有人问："什么牌子的？自己做的吗？"我窘得无言以对，只能坦白"招认"："是的，我爸爸和我一起做的。"

出乎我的意料，对方由不屑变得十分羡慕，甚至有点妒忌："唉，我爸爸从来

不和我一起做这些事。"

羞愧顿时烟消云散，我感到无比自豪和幸福·我有一个多么了不起的爸爸！他可以无私地奉献他的时间和精力，只是为了陪我美梦成真。这时，我看到爸爸在一个不起眼的角落正对我微笑。

我的乐队最终没能获奖，因为自制音箱发出的音乐不够流畅、华美。但我并没有感到沮丧，我知道自己已经获得真正意义上的"胜利"。如今，我也已为人父。最近，当我再度提及此事，爸爸证实了我的疑惑：他并不是没钱买音箱。爸爸微笑着说："我真的只想和你一起分享一些时光。那些制作音箱的夜晚，我们懂得了许多的东西，不单是电线什么的，更重要的是彼此的情感。"的确，爸爸给了我金钱难以替代的真情。别人的父亲或许只是简单地给他们的儿子购买音箱，但我的爸爸却给了我：他的时间、他的关注、他的爱心；别人的儿子期待完美的设备，我更期待一份真正的父爱。

那个自制的音箱因种种原因很早就丢失了，我愿付出任何代价再去触摸它一下。而那些无从触摸的情感，更让我永怀感恩。

今天，我似乎仍能清晰地回想起自制音箱的形状，闻到它散发的黏胶味，听到它传出的第一个音符，看到爸爸微笑的脸——特别是那双爱意挚深的眼睛。这就是我全部的"家当"。

心灵 寄语

父亲和"我"一起做音箱，是想和"我"一起分享时光，他用这种方式表达着对"我"的爱，每一个父亲表达父爱的方式都是不同的，但他们的爱却是相同的，这份爱将陪伴孩子一生。

迟到的诚实

迟到的诚实也难能可贵，犯了错，自己也受到了应有的惩罚，在很长时间里都活在悔恨当中。迟来的道歉是一种勇气，但也是一种磨难。然而任何时候都要诚实，不要因为曾经的错误而抱憾终生。

心 胸

雨 蝶

佛经上有这样一则故事：

在远古时代，摩伽陀国有一位国王饲养了一群象。象群中，有一头象长得很特殊，全身白皙，皮肤柔细光滑。后来，国王将这头象交给一位驯象师照顾。这位驯象师不只照顾它的生活起居，也很用心训练它。这头白象十分聪明、善解人意，过了一段时间之后，他们已建立了良好的默契。

有一年，这个国家举行一个大庆典。国王打算骑白象去观礼，于是驯象师将白象清洗、装扮了一番，在它的背上披上一条白毯子后，才交给国王。

国王就在一些官员的陪同下，骑着白象进城看庆典。由于这头白象实在太漂亮了，所以民众都围拢过来，一边赞叹，一边高喊着："象王！象王！"

这时，骑在象背上的国王，觉得所有的光彩都被这头白象抢走了，心里十分生气、嫉妒。他很快地绕了一圈后，就不悦地返回王宫了。

一入王宫，他便问驯象师："这头白象，有没有什么特殊的技艺？"

驯象师问国王："不知道您指的是哪方面？"

国王说："它能不能在悬崖边展现它的技艺呢？"

驯象师说："应该可以。"

国王就说："好，那明天就让它在波罗奈国和摩伽陀国相邻的悬崖上表演。"

隔天，驯象师把白象带到那处悬崖上。

国王说："这头白象能以三只脚站立在悬崖边吗？"

驯象师说："这简单。"他骑上象背，对白象说："来，用三只脚站立。"果然，白象立刻就缩起一只脚。

国王又说："它能两脚悬空，只用两脚站立吗？"

"可以。"驯象师就叫它缩起两脚，白象很听话地照做了。

国王接着又说："它能不能三脚悬空，只用一脚站立？"

驯象师一听，明白国王存心要置白象于死地，就对白象说："你这次要小心一点，缩起三只脚，用一只脚站立。"白象也很谨慎地照做了。围观的民众看了，热烈地为白象鼓掌、喝彩！

国王愈看，心里愈不平衡，就对驯象师说："它能把后脚也缩起，全身悬空吗？"

这时，驯象师悄悄地对白象说："国王存心要你的命，我们在这里会很危险，你就腾空飞到对面的悬崖吧。"

不可思议的是，这头白象竟然真的把后脚悬空飞起来，载着驯象师飞越悬崖，进入波罗奈国。

波罗奈国的人民看到白象飞来，全城都欢呼了起来。波罗奈国国王很高兴地问驯象师："你从哪儿来？为何会骑着白象来到我的国家？"

驯象师便将经过一一告诉国王。

国王听完之后，叹道："人为何要与一头象计较呢？"

这里还有一个故事，说的是一对心胸狭窄的夫妻，他们总爱为一点儿小事争吵不休。有一天，妻子做了几样好

菜，想如果再来点酒助兴就更好了。于是，她就拿瓢到酒缸里去取酒。妻子探头朝缸里一看，瞧见了酒中倒映着的自己的影子。她以为是丈夫对自己不忠，把女人带回家来藏在缸里，就大声喊起来："喂，你这个死鬼，竟然敢瞒着我偷偷把女人藏在缸里面。如今看你还有什么话说？"

丈夫听了糊里糊涂的，赶紧跑过来往缸里瞧，他一见是个男人，也不由分说地骂起来："你这个坏婆娘，明明是你领了别的男人回家，暗地里把他藏在酒缸里面，反而诬陷我！"

"好哇，你还有理了！"妻子又探头往缸里看，见还是先前的那个女人，以为是丈夫故意戏弄她，不由勃然大怒，指着丈夫说："你以为我是什么人，是任凭你哄骗的吗？你，你太对不起我了……"

妻子越骂越气，举起手中的水瓢就向丈夫扔过去。丈夫侧身一闪躲开了，见妻子不仅无理取闹还打自己，也不甘示弱，于是还了妻子一个耳光。

这下可不得了，两人打成一团，又扯又咬，简直闹得不可开交。

最后闹到了官府，官老爷听完夫妻二人的话，心里顿时明白了大半，就吩咐手下把缸打破。

一锤下去，只见那些酒汩汩地流了出来。不一会儿，一缸酒就流光了，缸里也没看见半个男人或女人的影子。

夫妻二人这才明白，他们嫉妒的只不过是自己的影子而已，心中很是羞惭，于是互相道歉，二人又和好如初了。

心灵寄语

一个人若心胸狭窄，便可以做出一些不可思议的事情，往往也会闹出不少笑话。放宽你的心，用一种理解的、宽容的心去容纳他人，事情就会往好的方面发展。

父亲给我的二十四个字

流 沙

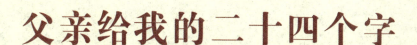

　　父亲四十岁那年有的我，在我的记忆里，好像没有体会到那震撼心灵的父爱，私下里自认为是在缺少父爱的环境中长大的。

　　在小学一年级的时候，父亲送给我一个塑料皮文具盒，那个时候，这是很稀有的。我为此兴奋了好长一阵子，甚至在一次想到死时，因为舍不得这个文具盒而放弃了这个念头。

　　十一岁时，父亲好像是有病了，每天都在家，那是我和父亲在一起最长的时间，那段时间里，父亲教我打乒乓球，可惜，我学得始终不好。受儿时的影响，我在三十岁的时候，学会了打乒乓球，还参加了单位组织的比赛。

　　十八岁那年，我考上了大学，其实父亲是不愿意我上大学的，女孩子早点上班有个工作就行了，可我执意非上大学不可，父亲也就依了我。我走的时候，父亲给了我一张小纸条，上面是毛笔写的三行十二个字："锻炼身体，遵守纪律，好好学习。"我拿着这张纸条，含着泪花，上了火车。我实现了我从小的理想，离开这个家，离得越远越好。

　　大学毕业那年，我放弃留在外市的念头，打点行装回家，因为我害怕孤独的

31

时候，只有一个人在那儿哭。父亲没有意见，只是从来不求人的他破天荒地给他的老友私下打了电话。我鄙视他的行为，自认为能走进机关是靠自己的才能学识。上班的第一天，父亲很严肃地把一张纸条摆在我面前，还是毛笔写的三行十二个字："好好工作，好好为人，不要迟到。"

父亲常常说我，手无缚鸡之力，被母亲养成娇小姐了，应该送到农村多多锻炼才是。

父亲常常说我，总爱看外国的电视剧，资产阶级思想严重，应该多多学习才是。

很久以后，我懂得，其实，父亲对他的孩子是喜爱的，只是不善表达罢了。

心灵寄语

父亲给"我"的二十四个字满含了父亲对"我"那份质朴、深切的爱。朴素的父亲，朴素的爱，是"我"多年后才深深体会到的。其实父爱无须表达，它守护着儿女一生的生活。

最年轻的一天

老 苏

　　母亲总鼓励我穿红戴绿。她曾饶有兴致地指着一件让我看着都觉得不好意思的衣服鼓动我说："买下来吧！你穿上准好看！"她的声音是那么大，手指坚定不移地指向那件衣服。一时间，我觉得整个商场的人都把惊讶的目光投向了我们。我怀着比在大庭广众之下穿上了那件极不适合我的衣服还要羞辱的心，拖着母亲快速离开，然后有些气恼地对她说："我都多大了！那么艳的衣服，我怎么能穿得出去？"可是母亲却不以为然。她高声教训我道："今天，就是你从今往后最年轻的一天。你再也过不着昨天了，明天的你就比今天老了，后天呢，你又比明天老了——你还不赶紧趁着最年轻的一天穿点儿漂亮衣裳！"

　　从今往后最年轻的一天？好奇怪的说法呀！但仔细想想，可不是嘛，每个人都在过着他(她)从今往后最年轻的一天。昨天比今天光鲜，只是昨天已然逝去。那些花一般的笑影，跌进时光流淌的河里，永远不肯再回来照耀我们此时黯淡的心境。昨天的美丽羁绊着我们的手脚，恍惚中，竟以为可以等，以为在明天的某一方光影里可以镶嵌进一轮迷失于昨天的太阳……其实，怎么可能呢？开弓的箭永不可能回头。而那呼啸着向前的，正是箭一般的光阴啊！

想起那个名叫胡达·克鲁斯的老太婆，在七十岁的生日宴会上，她突然发现了自己正在享受着余生中最年轻的一天。她问自己：究竟，我还可以再去做点什么呢？在这样的自问中，她惶恐地发现，自己的人生有一个很大的空白——她居然未曾尝试过冒险登山！她于是毅然拖着自己在别人看来已是老朽的身体去亲近高山险峰。此后的二十五年间，她一直在填补着自己的人生空白。终于，在九十五岁那年，她登上了日本的富士山，打破了所有攀登富士山者的最高年龄纪录。

我有点儿怕，怕自己笨拙的手抓不牢从今往后最年轻的一天。

母亲，感谢你提醒我今天是我最年轻的一天。我下定决心在这最年轻的一天里穿起艳丽的衣裳，当然，更要以艳丽的心情去做事，去生活。我，要捧给带我来到这世界的人一个艳丽的人生。

心灵 寄语

"劝君莫惜金缕衣，劝君惜取少年时。花开堪折直须折，莫待无花空折枝。"人生像一匹流泻的锦缎，艳若桃李、灿若云霞。珍惜生活中的每一天吧，用一个个如珠似玉的日子串起人生的华年！

茶香遥远

夏 午

　　关于茶最温暖的记忆，是在儿时。祖母是蒙古族人，对茶有着特殊的情感，在她的影响之下，家里除了我们这些小孩子以外，其他人都喝茶。常常在饭后，大家围坐在院子里，饮茶聊天，有微风吹过，那是怎样温馨团圆的一幅场景啊！所有的亲人都在，每一张笑脸都印在童年的心上。而如今，至亲零落，自己也孤身一人走向他乡，良辰不再，不胜欷歔感慨。

　　在少年时，我曾一度走在堕落的边缘。不去上学，整日在外面游荡，甚至饮酒打架。是一个五十多岁的语文老师，把我从那条路上拉了回来。那是一次偶然的相逢，喝醉的我在那条安静的街上摇摇晃晃，一只温暖的手搭在我的肩上，回头看，依稀可认出是我的老师。他架着我的胳膊走进他家，很大的一个院子被葡萄的枝枝蔓蔓覆盖着。他很快地沏了一壶茶，给我倒了一杯，说茶可解酒。那茶浓浓的，琥珀色，芳香四溢。我的手抖动着，有两颗泪落入杯中。

　　离开时，老师对我说，以后再喝醉了就到他家里来，有茶，葡萄也熟了。后来我便常去那个美丽的院子，留恋那淡淡的茶香，留恋那温暖的话语。只是，我都是清醒地来去，再也没让青春沉醉过。在泥泞的雨季里，是那一缕茶香给我指

引了一条铺满阳光的路。

大学毕业后独自在陌生的城市奔波劳碌，每次回到自己租住的小屋，都是身心疲惫，有时甚至不敢去面对明天。当理想和现实的巨大落差摆在眼前，平静与激情皆不可得。波澜不惊的日子一天抄袭一天，心中的种种都被时间打磨得面目全非，有时觉得麻木也是一种解脱。

那一个中秋之夜，住在隔壁的一位退休老人邀我过去赏月。在他家的院子里，同样是一壶清茶，一瞬间仿佛时光重叠，少年的岁月烟云般重现。老人的话题便从茶谈起，他问我如何才能饮出茶的味道。我知道茶是一种文化，其中的内涵远非自己所能知，也曾听人说过一壶好茶的制造程序，从茶到壶，从水到火，从空间到时间，无不讲究。老人摇头轻笑，说："那些原料与手艺虽重要，但不一定必要。比如眼前这一壶茶，普通的茶叶，平常的水，便宜的壶。可是每天我都喝得津津有味，因为我对茶了解得多，它有着深厚的文化沉淀与历史内涵。饮之可与古人神交，呵呵，别人听了会觉得是一番疯话。"

我心有所悟。是呀，这一壶香茗包含着太多的东西，有怀古幽思，有时间有空间，就如这小小的院落，竟包含了如此美丽的星光月色。于是我给老人讲了自己童年关于茶的往事，以及自己眷恋着的那段时光。老人听罢，说："那时的茶，也只是普通不过的茶，可是你的家人饮的是一种气氛！"儿时的情景仿佛近在眼前，那种气氛温暖无比。茶饮到这般境界，真是不负那一缕清香啊！忽然便有了一种莫名的激动，端起茶杯啜了一口，微苦之后齿唇留香，余味无穷。

老人一直微笑地看着我，说："这一口与方才的感觉不一样吧？"我点点头，他接着说："那是因为你的心情和刚才不一样了，没有好的心情，再好的茶也只能尝到苦，品不出香来！"我恍然大悟，外在都是次要的，唯有心情才是自己能把握的。就像许多人说过的一样，生活如茶，没有好的心境，就算茶具再精美，茶叶再珍奇，水再清纯，饮之也只是苦涩。而这一杯苦茶，我已饮了多久？

那以后，我又辗转多年，至今仍离故乡千里，也好久没有品尝茶的味道了。而我却早已从生活的苦中品咂出淡淡的香来。这清香虽淡，却悠远绵长。

今夜，在月光下，沏上一壶最普通的茶，啜饮，隔着遥远的时空，竟品出了岁月的味道。

心灵寄语

生活如茶，在种种磨砺与奋斗中方能舒展叶片，散发出浓酽的味道；心境如茶，经过悠远的岁月，回忆起儿时合家欢乐的场景，依旧难忘那一缕袅袅的茶香；品茶就是品味生活，虽入口苦涩，却回味甘甜……

虚荣而无用的聪明

雪 翠

一个朋友在云南出了事故，车子翻到了江里。第二天，其他的朋友在网上贴了几句他的诗："我最喜爱的颜色是白上再加上一点白／仿佛积雪的岩石上落着一只纯白的雏鹰／我最喜爱的颜色是绿上再加上一点绿／好比野核桃树林里飞来一只翠绿的鹦鹉。"

这位朋友是有才华的，但是这几句诗还是让我本能地大吃一惊，因为他已经悄悄地蜕变成了大师级的诗人。按照我个人的审美标准，这几句诗所体现的，就是波德莱尔所说的"永恒而国际性的文体"。后来在诗下面看到作者的注解，才知道这是他整理的雪山民歌。

我以为，在这样的民歌面前，绝大多数的成功诗人都应该羞愧于自己无用的聪明；就像许多成功画家，在一幅孩童的涂鸦面前，应该照见自己聪明中的全部虚荣。

当然，引发一个诗人羞愧之心的，除了质朴无华的民歌手的作品之外，还有波德莱尔们的诗歌；就像引发一个画家的羞愧之心，除了感官初开的孩童的涂鸦之外，还有达·芬奇的作品；在大师的杰作面前，所有的成功，不过是速朽的虚荣。

相反，那些付出了毕生努力的天才人物，却常常对自己充满了怀疑和否定：达·芬奇说自己一事无成，凡·高说自己一事无成，李赫特说不喜欢自己，伯格曼说不喜欢自己。他们并非缺乏自信，而是对自己的标准更严格；他们也不是离俗世的名利、生活的幸福太远，而是离生命的虚无太近。

波德莱尔在《巴黎的忧郁》的献词里，这样评价自己的作品："这种偶然的产物，也许除了我，谁都会引以为荣，可对于一个把准确地完成自己的计划当作诗人最大荣誉的人来说，却是一种极大的羞辱。"世界就是这样不可思议：那些半人半神的存在，对自己的能力极度绝望，对自己的价值毫无把握；而那些半人半兽的存在，却扬扬得意，目空一切。

"它们是一些小鸟，只要蛇不在场就乐不可支。"

心灵 寄语

真诚的诗句永远来自于最真实、最质朴的生活；大师巧思构想的得意之作，却远没有孩童稚气的涂鸦来得纯真自然。让我们的生活像童话般诗意美好，就像诗中所写的那样——"面朝大海，春暖花开……"

谦恭与谦虚

佚 名

班克·海德是位资深演员，不仅演技精湛，而且聪明过人。"年年岁岁花相似，岁岁年年人不同。"无情的岁月在她的脸上刻下了道道皱纹，使她失去了昔日的羞花闭月之貌。

有一天，她偶然听到跟自己在百老汇同台演出的一位年轻女演员极其傲慢地对众人说："班克·海德实在没有什么了不起的，我随时可以抢她的戏。"

班克·海德知道，这是一个很有发展前途的年轻演员，但若不改掉目空一切、自高自大的毛病，是不可能有所作为的。于是，她从旁边走出来，既心平气和又针锋相对地说："我的确没有什么了不起的，不过说句不够谦虚的话，我甚至不在台上也可以抢了你的戏。"

这位年轻的女演员听后不以为然，针尖对麦芒地说："您过于自信了吧！"

班克·海德说："那我们就在今晚演出的时候试试看。"

当天晚上，班克·海德和那位年轻的女演员同台演出。演出快结束的时候，班克·海德要先退场，留下那名女演员独自演出一段电话对话。

班克·海德在台上表演完饮香槟的内容之后，就把盛着酒的高脚杯放在桌边上，随即退下场。高脚酒杯只有一半露在桌外，眼看就要跌下去了，观众们十分担心、紧张，大家几乎都在注视着那个随时都可能掉到舞台上的高脚杯。

那位年轻的女演员只好在观众心不在焉的表情下演完这场戏。不用说，观众紧张的心情，破坏了她本来可以大出风头的演出。

为什么高脚杯没从桌边掉下去呢？原来，老练的班克·海德退场前用透明胶布把高脚杯粘在了桌边上。

那位年轻的女演员从此事中领悟到：如果能把遇见的每个人都当成老师，就能学到许多课堂上无法学到的知识，同时也能化解许多不必要的阻力和麻烦。对于一个刚出道的年轻演员来说，更是如此。

后来那位年轻的女演员主动找到了班克·海德，诚心诚意地承认了自己的错误。

"花开能有几日红，年轻莫笑白头翁。"班克·海德大度而关切地说，"如果年轻貌美是一个人的推荐信，那么优秀品质则是一个人的信誉卡。"然后，拿出了一个厚厚的笔记本，送给了那位年轻的女演员。

班克·海德在笔记本中，记下了多年舞台生涯的丰富经验和教训，并在笔记本的首页给那位年轻的女演员写下了这样一句话："向前辈谦恭是本分；向平辈谦虚是友善；向下属谦让是高贵；向所有人谦和是安全。"

心灵 寄语

对前辈要谦恭，因为前辈的经历比你丰富，懂的更是比你多，你向前辈可以学到很多东西；成功后也要谦虚，因为你不是永远的胜者；对所有人更要谦和，没有大家的支持，一个人的独角戏根本没有意义。

礼　貌

芷 安

有一批耶鲁大学的应届毕业生，共22个人，实习时被导师带到华盛顿的国家某实验室里参观。全体学生坐在会议室里，等待该实验室主任胡里奥的到来。这时，有位秘书给大家倒水，同学们都表情木然地看着她忙活，其中一个还问："有黑咖啡吗？天太热了。"

秘书回答说："真抱歉，刚刚用完。"轮到一个叫比尔的学生时，他轻声地说："谢谢，大热天的，辛苦了。"秘书抬头看了他一眼，满含着惊奇，虽然这是很普通的客气话，却让她感到温暖，因为这是她当时听到的唯一一句感谢的话。

门开了，胡里奥主任走进来和大家打招呼，不知怎么回事，静悄悄的，竟没有一个人回应。比尔左右看了看，犹犹豫豫地鼓了几下掌，同学们这才稀稀落落地跟着拍起手来，由于掌声不齐，显得有些零乱。胡里奥主任挥了挥手说："欢迎同学们到这里来参观。平时这些事一般都是由办公室负责接待，因为我和你们的导师是老同学，非常要好，所以这次我亲自来给大家讲一些有关的情况。我看同学们好像都没有带笔记本。这样吧，秘书，请你去拿一些我们实验室印的纪念手册，送给同学们做个纪念。"接下来，更尴尬的事情发生了，大家都坐在那里，一个个很随意地用一只手接过胡里奥主任双手递过来的纪念手册。胡里奥主任的脸色越来越难看，走到比尔面前时，他已经快要没有耐心了。

就在这时，比尔礼貌地站起来，身体微倾，双手接过纪念手册，恭恭敬敬地说了一声："谢谢您！"胡里奥闻听此言，不觉眼前一亮，用手拍了拍比尔的肩膀："你叫什么名字？"比尔照实作答，胡里奥点头微笑着回到自己的座位上。早已汗颜的导师看到此情景，才微微松了一口气。

两个月后，在毕业生的去向表上，比尔的去向栏里赫然写着某军事实验室。有几位颇感不满的同学找到导师问："比尔的学习成绩最多算是中等，凭什么选他而没选我们？"导师看了看这几张尚属稚嫩的脸，笑道："比尔是人家实验室点名要的。其实，你们的机会不仅是完全一样的，而且你们的学习成绩还比比尔好，但是除了学习之外，你们需要学的东西还有很多，礼貌便是重要的一课。"后来，导师给全班同学留下了这样的临别赠言："礼貌是很容易做的事情，也是很珍贵的事情。礼貌是良好修养中的美丽花朵，是通行四方的推荐书，是人类共处的得体服饰。礼貌无需花费一文，却能赢得许多。"

心灵 寄语

导师的临别赠言是送给同学们弥足珍贵的一份礼物，它告诉我们：成绩并不是最重要的，礼貌的待人处事才是你进入社会必学的一课。对人礼貌是做人的基础，是基本的礼仪。礼貌待人，也许你就能从中收获更多。

站在你应该
站的位置上

静　松

在阳光明媚的星期六上午，我的朋友——那个骄傲的父亲勃比·莱维斯带着他的两个儿子去高尔夫球场打球。

他走到球场售票处问那里面的工作人员："请问门票是多少钱？"

里面的年轻人回答他："所有满六周岁的人进入球场都需要交三美元，先生。我们这个球场让六岁以下的儿童免费进入，请问你的两个孩子多大了？"

勃比回答道："我们家未来的律师三岁了，我们家未来的医生七岁了，所以我想我应该付给你六美元，先生。"

柜台后的年轻人有点惊讶地说："嘿，先生，你是刚刚中了六合彩还是其他什么，你本来可以为自己节省三美元的，即便你告诉我那个大一点儿的孩子六岁的话，我也看不出有什么差别的。"

我的朋友勃比回答道："对，你的确不会看出其中的差别，但是我的孩子们会知道这其中的差别的。站在一个父亲的位置上，我有责任不让他们小小年纪就学会去欺骗别人。"

就像哲人爱默生说过的一样："为什么你说得如此大声，我却听不到你在讲什么呢？"在这个充满了竞争与挑战的时代里，真诚比以往任何时候都显得重要和珍贵，不管是在工作中还是生活中，你都要站在你应该站的位置上。

心灵寄语

　　孩子的心灵是一个花园，你在里面播种诚信，他将如你所愿成长为诚实的人；你在里面播种谎言，他就会成长为一个谎话连篇的人。耳濡目染，言传身教，如此而已。

他只有四十五天

碧 巧

　　他在北京最繁华、客流量最大的地段之一的一座三层楼前，被一则招租启事吸引了，启事上说：产权拥有者欲将这幢三层楼出租，年租金四十万元，租金一次性交清。能在前门这样的黄金地段拥有一个店，就意味着拥有一棵摇钱树。但同时他又被昂贵的租金、苛刻的付款方式难住了。要知道，他只有区区的五万元钱，只是年租金的八分之一，如何才能一口吃下这个"胖子"呢？他冥思苦想起来。

　　他想到了一个富翁的致富故事，这个人是卖芝麻糕发家的，他说，糖一块钱一斤，芝麻一块多一斤，如果把糖和芝麻合制成芝麻糖，再以双倍的价格卖出去，那么，每卖一斤芝麻糖就能净赚成本的二至四倍。就这么一斤一斤地卖芝麻糖，这个人最后终于赚了大笔的钱。

　　这个故事给他的启发很大，于是在他的脑子里也酝酿了一个"芝麻糖"计划。他找到房主，请房主给他四十五天的期限，先把五万元钱交给房主作为定金，并与房主签订协议，协议规定：四十五天内，他把年租金四十万元交齐，若四十五天拿不出租金，房主没收定金，房子另租他人。

　　租房协议签订后，他到一家装饰公司，凭着租房协议，他与装饰公司签订装修协议。协议规定：装修公司在二十五天内按他的设计思路把房子装修一新，四十五天后付装修费。接着，他凭着租房协议和装修协议与五家商场签订赊销协议，又以赊账的方式购置了地毯、桌椅、厨房用具、卡拉OK设备等，其价值和装修费用达七十万元，装修后的店，是个中档饭店。

　　与此同时，他四处张贴招租广告，在不到二十天的时间里，有十多位有意者前来洽谈，最终，他以一百四十万元的价格转租出去。这样，在短短的四十五天之内，他通过自己做的"芝麻糖"，净赚三十万元。

心灵 寄语

　　智者博弈，步步连环，招中有招。生活中也是如此，先置之死地而后生，剑走偏锋，合理运用时间差，积极调动各方面力量，赚取数十倍利润于股掌，堪称经典投资教材。

迟到的诚实

迪 菲

1871年5月，客居在比利时首都布鲁塞尔的法国著名作家雨果，在比利时《独立报》上发表声明，把他在布鲁塞尔城街垒广场4号的住处，改做临时避难所，专门收留因躲避血腥镇压而流亡的巴黎公社成员。声明登出后不久，雨果就遭到一些比利时人的攻击，他们手持石块和棍棒，聚到雨果的家里进行要挟。三天后，比利时国王利奥波得二世做出一项决定，勒令雨果立即离开比利时，并且不准他今后再踏上本国的领土。

那一年雨果已经69岁。

被驱逐出境的雨果真的就再也没有回到这片国土，再也没有走进街垒广场4号的那栋房子。但是，雨果如果在天有灵的话，便可以欣慰了。因为，131年后，比利时人终于承认当年驱逐雨果出境是一个错误，并在雨果故居的正面立了一块醒目的纪念碑，以纪念这位被误解的大文豪。碑上还刻着雨果生前说过的一句话："我觉得我是整个人类的兄弟，我是接待所有人民的东道主。"

尽管这个道歉晚来了一个多世纪，但毕竟是来了，这同样需要一种自我超越的勇气，一种尚未泯灭的良知，一种有所包容的大度。

无独有偶，前不久，美国科罗拉多州鹰谷高中的校长马克·斯瑞克本收到一封十分奇特的来信：一位65岁高龄的老奶奶为她47年前在英国文学考试上的作弊行为做出郑重的道歉。

信中说，那一年她18岁，是美国科罗拉多州鹰谷中学的一名学生。为了能在毕业考试中考出一个优异的成绩，她找到一个和她十分要好的同班同学，一起商量怎样找到一个捷径。最后，她们想到了偷题。经过一番仔细的策划，再加上两个人天衣无缝的配合，考试题和答案还真的被她们偷了出来，那是一张"莎士比亚文学"考试的试题及答案。自然，在那次考试中，她的考试成绩非常优异。但是，随着年龄的增长，这次鲜为人知的作弊行为渐渐成为她生活中的一块阴影，这段不光彩的往事，常常使她悔恨不已，她也为此失去了许多应有的快乐。47年后，已经是65岁的她终于鼓起勇气，给鹰谷中学的马克校长写了一封信，为她47年前的作弊行为做出郑重的道歉。

为了表示自己认错的诚意，老奶奶没有用打印稿，而是用手写了满满的一页。她在信中还叙述了这么多年来内心所承受的煎熬，并劝诫学生们要做诚实的人。

老人的坦诚深深地打动了马克校长，于是他把这封信念给每个班的学生听。

不管怎样迟到的诚实也是一种可贵的诚实，那是一种自醒后的顿悟，是一条明辨是非的底线。

正如印第安切罗基族的老人经常向他们的后代所讲的那样，其实每个人的心里都怀有两匹不断争斗的狼：一匹狼代表邪恶，它意味着谎言、欺骗、贪婪、自私自利；另一匹狼代表正义，它意味着诚实、信任、慷慨、大公无私。

人生的过程无非也就是两匹"狼"之间此消彼长或此长彼消的过程，这个过程也许很漫长，也许很难熬。但哪匹"狼"会赢，将最终决定你的道德是否丧失，你的心灵是否纯洁，你的人生是否清白。19年后的今天，世界足球巨星迭戈·马拉多纳也终于承认，在1986年世界杯那场对英格兰的1/4决赛中，他确确实

实用手挡了那个著名的号称"上帝之手"的人的进球。

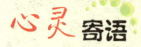

　　迟到的诚实也难能可贵，犯了错，自己也受到了应有的惩罚，在很长时间里都活在悔恨当中。迟来的道歉是一种勇气，但也是一种磨难。然而任何时候都要诚实，不要因为曾经的错误而抱憾终生。

小人物刘福贵

星 竹

刘福贵是一个外乡人，普通得不能再普通了。我认识他时，他不过20岁，蹬一辆哗哗乱响的平板车，到处收废纸破烂儿。他的脸上挂着谦和与卑微的笑，是小人物身上常见到的那种表情。不论风吹雨打，我都会常见他奋力地蹬着像小山似的废品的平板车，汗流浃背地奔波在大街小巷里。像大多乡下人一样，刘福贵不懂抱怨，也没有工夫理会自己的命运。

光阴如梭，四五年过去了，刘福贵不再收废纸破烂儿了，而是在路边支起一个凉棚，修起了自行车。大概是他修车的价钱合理，手艺也说得过去，或许是由于他固有的卑微与谦和，所以他的生意一直都不错。我以为他会永远地修下去。

谁想几年以后，他竟突突地开着一辆农运车，出现在了早市上，开始了贩菜倒菜的生意。这离我认识他已有了八九年的光景。那时我和他都奔了30岁。

也是那一年，我发现他身边多了一个女人，原来他把乡下的媳妇接到了北京，一同在早市上倒菜。后来我又看到他的女儿，才几岁，光着脚在菜市上和一帮乡下小男孩儿跑，满脸的鼻涕。

在我四十多岁的时候，刘福贵已经不在菜市上倒菜了，而是在离我家不远的街上开了一间水果店，十来平米的小店，生意却红火。

前年，我装修房子去买玻璃，在玻璃店里，竟意外地见到了刘福贵。我很惊讶，问他媳妇：孩子呢？他说媳妇还在开水果店，他又包下了这间玻璃店。女儿已经上了大学。我心里轰的一下，这离我认识刘福贵已有30年的长短。

这个刘福贵，30年间，一步步竟混得这般的整齐，乡下的一些穷亲戚、穷朋友，也因他来到这个城市落脚安生，在他的店里打工挣钱。

我和刘福贵从没有深入地交谈过，但作为城市人对乡下人的一种好奇，刘福贵成了我心中的一个参考，常常不能不让我暗自比较。

在我心里，刘福贵是一个十分完美的人。在这个偌大的城市里，不知有多少个这样的刘福贵。他们从农村来到城市，在提老携小、风吹雨打中，一天天挨着，几十年过来，从一无所有中开始，一点点地忍耐、积攒、改变，置办着自己的家业。亲戚朋友们也因为他而沾光、脱贫。这该是多大的气力。

细想起来就会发现，刘福贵才是出类拔萃的社会栋梁。无论在乡村，还是在城市，这个社会其实就是由千千万万个刘福贵支撑起来的。

天下诸多英雄，其实莫过于普通的刘福贵。天下诸多豪杰，也未必能比得过刘福贵。他活得扎实、勤奋、勇往直前。在我们这个城市，在每一个角落，都有刘福贵这样的人存在。他们优秀而又普通，简单而有智慧。在奋力把自己的日子过好的同时，也在为这个社会和他人贡献着。只是不管怎样，在大多数人的眼里，刘福贵依然是个小人物，一个地地道道的，脸上永远挂着那种卑微表情的小人物！

心灵 寄语

小人物也不简单，从捡破烂儿开始到开店，生活一天天过得更好，并在城市扎根，这正是用他勤劳肯干的双手创造出来的。正是这些小人物的贡献，才构成了这个完整的社会。在这个美丽的城市，小人物起到了至关重要的作用。

智障指挥奇才胡一舟

思　畅

　　音乐缓缓响起的时候，舟舟迷茫迟滞的眼睛骤然亮了起来，属于智障人舟舟的世界降临了……在音乐的世界里，舟舟拥有美、成就、尊严和生命可以蕴涵的所有快乐。这个世界里生命平等的光辉，照亮了一个智障者今后的日子。

　　1978年4月1日，舟舟出生在武汉市一个普通家庭，巧的是，这一天正好是愚人节。舟舟的出生，给这个家庭带来了欢乐和希望。父亲胡厚培是武汉交响乐团低音提琴手，给儿子取名胡一舟，这个简单的名字的寓意是：希望他像一叶小舟，在一生中访问人世间所有快乐的港湾。舟舟在1978年的愚人节这天出生，而他的人生似乎真的是上帝安排的一个残酷的玩笑。舟舟刚一个多月的时候，就被诊断出二十一对染色体异常，这样的孩子注定智障而且无法改变，他将终生只有三四岁孩子的智力。这一消息犹如晴天霹雳，将胡厚培夫妇击蒙了，夫妇俩整日以泪洗面、痛不欲生……

　　舟舟由于先天智障，生活不能自理，父亲担心他一个人在家发生意外，上班时常把他放在排练厅一角。有一次，在排练的间隔，舟舟一声不响地爬上指挥台，对其他的东西不屑一顾，唯独对指挥棒情有独钟。当他第一次拿起指挥棒，简直乐开了花，随后便在指挥台上如痴如醉地挥舞起来。刚开始，演奏员们只觉得好玩，并没有把他当一回事。可是，看着看着他们惊奇地发现舟舟把乐团指挥的动作几乎模仿得惟妙惟肖，甚至连扶眼镜的习惯动作也没落下……进而，是演奏员们一阵惊奇的大笑：这个"痴儿"竟有如此神奇的模仿能力！从此，舟舟就成为乐团的一位编外成员了。只要音乐响起，舟舟就会站在那里，挥舞着小棍，直到曲终。

乐团首席大提琴手刁岩是一个热心肠的人，当舟舟一出现在排练场，他就用心呵护他，与他交朋友，一旦发现了舟舟对音乐的理解能力，就有意训练他，指导他。于是，他留意每一个合适的机会，以圆舟舟的指挥梦。从此以后，舟舟穿上了燕尾服，打上了领结，穿上了锃亮的皮鞋。舟舟终于站在了真正的指挥台上，拿起了真正的指挥棒，成为了世界上唯一一个智障乐队指挥。1999年1月22日，在中国残疾人联合会举办的隆重的新年音乐会上，舟舟首次登上了指挥的大雅之堂，他时而像奔腾的激流，时而如涓涓小溪，成功地指挥交响乐团，一口气演奏了乐曲《瑶族舞曲》《拉德茨基进行曲》等中外名曲。当舟舟收棒的一霎时，经报幕员一番声情并茂的介绍，人们这才发现舟舟是一位智障人，顿时，大家简直不能相信自己的眼睛，在惊奇之余，只有长时间地鼓掌，有的甚至流出了激动的眼泪……此时此刻大家有一个共同的感觉：平时的舟舟，歪着脖子，眯着眼睛，憨厚可爱，一看就是个智障人。而此时此刻的舟舟，指挥起交响乐曲来，又立刻变成了一个音乐天才：神采飞扬，自信而优雅，手臂挥舞之间，整个人充满了灵气，充满了魅力。

2000年8月30日，在舟舟心中永远形成定格。那天，江泽民同志看了即将赴美访问演出的中国残疾人艺术团汇报演出后，在北京人民大会堂亲切接见演出成员，还专门为武汉籍智障青年演员舟舟签名……这次赴美演出的邀请方是美国的慈善机构"凯西儿童基金会"，在2000年9月至10月间在

美国六个城市巡回演出的二十三天中，中国残疾人艺术团在华盛顿、纽约、旧金山、盐湖城等城市演出十余场，以深厚的华夏文化底蕴、高超的艺术水准征服了美国观众，震撼了美国主流社会。他们所到之处，无一例外地受到当地人民的热烈欢迎。在卡内基音乐厅、肯尼迪艺术中心，艺术团"旋风"席卷美国，舟舟更是为众人所瞩目，成为一颗耀眼的明星。每当舟舟登上指挥台，挥舞他那神奇的指挥棒时，全场就会爆发出热烈而又带着无限惊喜和痴迷的掌声。美国辛辛那提交响乐团是举世闻名的世界一流交响乐团，首席小提琴手又是交响乐团的第二指挥，而这位西洋女音乐家在与舟舟合作后，对舟舟的乐感赞不绝口。她说："中国人太伟大了，竟把一个智障者培养成艺术家，这简直是天方夜谭！"

此后，舟舟成了名人，走在街上常常被人拦住签名。可是对于舟舟来说，世界还是安静如初。他还是那么单纯热烈地喜欢着音乐，只要站在指挥台上，幸福和满足就展露在他的脸上。舟舟还是喜欢喝可乐，喜欢玩绒布玩具，不能和人正常交流，不认识钞票的面值。

舟舟在属于他的世界里快乐地生活着，音乐让他的生命变得如此神奇。

心灵 寄语

日子如流水般平静地流淌着，但胡一舟却用他天生的灵性激起千层浪，成功地证明了人的潜能的无限，真切地让人为生命的伟大而震撼。一个生命，虽然错过了人生的花期，却依然让人生如夏花般绚烂。

最温暖的阳光

　　帮助人不需要大张旗鼓，首先应尊重他人，用一种善意的方式给他一种鼓励，这才是真正地帮助到人了。这种关爱犹如最温暖的阳光射进了需要帮助的人的心里，它能从你的关爱中得到重生。这是世界上最善良的人格。

等待花开

匡立庆

　　小沙弥因为一个偶然的机缘，得到了一粒种子，给他种子的禅师说这是善之花的种子，有缘人等到花开那日便可以悟道成佛。

　　果然是一颗神奇的种子。它很快就生根发芽，抽出两片长长的叶子，长成了一株兰草的模样。然而过了花开的季节，它仍旧只是一片绿叶。小沙弥心中并不恼，反而愈见诚笃：太过容易，怎能了悟真道！

　　一年又一年，小沙弥渐渐地长高长大，善之花的枝叶却仍像第一年的光景，不曾有任何变化，甚至也不随四季更替，只是一味青碧嫩绿。

　　然而环境却起了很大的变化，绿色越来越少，水源越来越远，风沙日益猖獗，香火日渐冷落。到后来，寺院只剩下沙弥一个人。沙弥每天要走20里路化缘，走10里路挑水。

　　后来，水井越来越深了。在沙弥挑水回来的路上，常有一群乌鸦跟随盘旋。沙弥心知其意，便常常弃了担子，走远几步，待乌鸦们饮过水再赶路。到后来，乌鸦们不再畏惧，直接落在桶沿上，任由沙弥挑着，边走边饮。乌鸦们饮过后，沙弥还会把沿途仅有的几棵小草逐一浇灌。

善之花的蓓蕾日渐一日的饱满。沙弥每天夜里都会梦见花开，看见五彩的花瓣，嗅到沁人心脾的馨香。早晨醒来，沙弥常觉唇齿之间犹有余香。

风沙更大了，绿色更少了，沙弥化缘路上的那几棵小草也在一夜之间被风沙深深地埋葬。沙弥给善之花搭了棚子，夜里就睡在棚子里，只等着花开就离开。

一天夜里，风暴把一个男孩儿送进了沙弥的棚子。他怀里抱着一只瘦弱的羊羔，那只羊羔气若游丝，眼看就要死了。沙弥慈悲心动，却无计可施。

孩子一眼就看见被周围暗黄的沙土衬托得愈发嫩绿的善之花，眼睛里亮了一下，嗫嚅地说："这只羊羔，生下来就没吃过青草……"

沙弥大窘，看着花，花苞已经一点点绽放，五彩之气氤氲缭绕。再看看那只羊羔，它眼睛里的生命之火一点点黯淡下去，在男孩儿怀里像个可怜的婴孩。沙弥在心里大叫着："再等等，再等等，花开了我就可以救你了……"

孩子"扑通"一声，给他跪下了。

沙弥长叹一声："无缘。"他闭上双眼，缓缓地伸出手握住了那两片柔嫩的叶子，打算把它揪下来喂给羊羔。没费任何力气，整株花好像自己钻出了地面，沙弥觉得自己的心好像被谁一把拎出了胸腔……

就在孩子接过花的那一刻，善之花突然绽放，沙弥梦中见过的五彩花瓣，梦中嗅过的清香，立刻弥漫了这个简陋的草棚。

心灵 寄语

行善是善之花最好的养料，行善不是一日就能完成的。善良应在一个人的心中，而不是为了达到某种目的的伪善。即使是自己最珍惜的东西，在别人最需要的时候，你也能忍痛割爱地奉献出来，这才是心灵的一种升华。

三分之一效应

冷 柏

如果有一条商业街，街边有一溜大排档铺位出租，你想租一个铺位开店，那么，租哪段位置的铺位最好呢？

或许许多想当老板的人都有这样的心理：租路口或街口当头一间，截住顾客。先吃头啖汤，生意一定最好！

如果你这样选择，那就错了，大错特错！因为老板的心理不同于顾客的心理，老板想多赚钱而顾客却想少花钱，两者的心理恰恰是相反的，你想生意好，必须从顾客的心理去考虑。

在得出答案之前，先给你讲个小试验：

某班分到两张音乐会的票，大家都想去，于是只好抽签。签做好后，班长耍了个小花招，将签排成一排，让同学们先抽，以示公平，剩下最后一张才是他的。

同学们一个个把签抽走，全是空白，最后，一行签仅剩下第一张和最后一张，两张都写着"有"字，可见班长并不骗人，他也得到了如其所愿的一张票。

其实班长只搞了个小小的心理战，因为大家都觉得，总的来说抽哪个签机会都差不多，但对第一个和最后一个大家心理上就会有一点儿抗拒：不可能那么巧，两张票就会落在最前和最后！于是，在没有特别心理提示的情况下，绝大多数人都觉得从中间随手抽一张机会大些。

让我们再回到铺位选择上来，当顾客走进一条商业街时，通常不甘心在第一间店便成交，他总得走走看看，货比三家，怕自己上当。当走得差不多了，看也看过了，比也比过了，便会找一间店成交，通常不是最前和最后。如果这条街是一眼看到头的，多数人也不会特意选最中间，而是距离两头三分之一处机会最大。而价格几乎一律相同的日用小摊档如青菜摊、凉茶摊之类的情况与此相反，那是顾客越方便的摊位越好。

这里说的是一般情况，如果你经营得特好或特差，在熟客中造成了很大的声誉差距，情况就会发生变化。

心灵 寄语

世界上多数事物都有其内在规律，古人所说"格物致知"即是此理。把握事物规律往往能够透过现象看到本质，于竞争中掌握先机。

上帝是公平的

雁　丹

　　一位叫玛莉·班尼的女孩儿曾写信给《芝加哥论坛报》，因为她实在搞不明白，为什么她帮妈妈把烤好的甜饼送到餐桌上，得到的只是一句"好孩子"的夸奖，而那个什么都不干，只知捣蛋的弟弟戴维得到的却是一个甜饼。她想问一问无所不知的西勒·库斯特先生，上帝真的是公平的吗？为什么她在家和学校里常看到一些像她这样的好孩子被上帝遗忘了。西勒·库斯特是《芝加哥论坛报》儿童版"你说我说"栏目的主持人，十多年来，孩子们有关"上帝为什么不奖赏好人，为什么不惩罚坏人"之类的来信，他收到的不下千封。每当拆阅这样的信件时，他心里就非常沉重，因为他不知该怎样回答这些提问。

　　正当他对玛莉小姑娘的来信不知如何回答时，一位朋友邀请他参加婚礼。也许他一生都该感谢这次婚礼，因为就是在这次婚礼上，他找到了答案，并且这个答案让他一夜之间名扬天下。

　　那场婚礼给库斯特印象最深的一幕是：牧师主持完仪式后，新娘和新郎互赠戒指，也许是他们正沉浸在幸福之中，也许是两人过于激动，总之，在他们互赠戒指时，两人阴差阳错地把戒指戴在了对方的右手上。牧师看到这一情节，幽默地提醒："右手已经够完美的了，我想你们最好还是用它来装扮左手吧！"

正是牧师的这一幽默，让库斯特茅塞顿开。右手成为右手，本身就非常完美了，就没有必要再把饰物戴在右手上了。同样，那些有道德的人，之所以常常被忽略，不就是因为他们已经非常完美了吗？后来，西勒·库斯特得出结论，上帝让右手成为右手，就是对右手最高的奖赏，同理，上帝让善人成为善人，也就是对善人的最高奖赏。

西勒·库斯特发现这一真理后，兴奋不已，他以"上帝让你成为好孩子，就是对你的最高奖赏"为题，立即给玛莉·班尼回了一封信，这封信在《芝加哥论坛报》刊登之后，在不长的时间内，就被美国及欧洲一千多家报刊转载，并且每年的儿童节他们都要重新刊载一次。

心灵 寄语

你做了好事却没有得到别人的奖励，那是因为你已经得到了上帝最高的奖赏，上帝赋予你最好的人格，让你帮助别人。这显然是鼓励孩子的，让孩子觉得他做的好事是得到了肯定的。奖励并不重要，重要的是在别人眼中你就是好孩子。

以退为进

秋 旋

　　琼斯先生是一家啤酒厂的经营者。有一家公司的采购员克劳恩欠琼斯先生1000美元啤酒款长期未付。

　　一次，克劳恩来到啤酒销售部，对琼斯先生大发脾气，抱怨他出售的啤酒质量越来越差，并说社会上骂声一片，人们不会再买他们的啤酒。最后竟说出自己欠的那1000美元也就免付了，原因是他出售的啤酒的质量一直就不怎么样，并表示他所在的公司及他本人不再购买对方的啤酒等。

　　琼斯先生压住火气，仔细听完克劳恩的唠叨后，出乎意料地向克劳恩赔起了不是，声称啤酒质量确实有不尽如人意之处，最后说："对你的意见，我会尽快向厂部反映的。至于你欠的那1000美元啤酒钱，你要不付，也就算了，谁让我的啤酒一直不争气呢！你说今后你们公司和你本人不再买我的啤酒，这是你们的自由，随你们的便。你说我的啤酒质量有问题，我现在给你介绍另外两家有名的啤酒厂……"

　　琼斯先生这一番话里有话的艺术性表述，确实出乎克劳恩所料。

　　欠账还钱，这已是不成文的一种自然法规。

克劳恩本意是不想付所欠的1000美元，所以以啤酒一向质量不怎么样为借口试图堵住琼斯先生的嘴。

琼斯先生没有单刀直入地正面反驳克劳恩，却用了巧妙的迂回战术，假装虚心承认并接受克劳恩的意见，待克劳恩发泄完后，即刻展开了攻势，用诚挚的话语，向对方表明啤酒厂的现状及未来的发展前景等。

克劳恩最后被琼斯先生的诚意和坦率所征服了，自此，不但继续到该啤酒厂为其所在的公司购买啤酒，而且还动员了另外几家兄弟公司及几个单位，常年向该啤酒厂购买啤酒。

心灵 寄语

有时候我们不需要据理力争，明知道对方不对，在找借口，但我们可以采取其他方法反退为进，诚心地接受对方的意见，再提出合理的意见。对方会被你的诚挚所感动，这样我们都会成为大赢家，这是强大人格的升华。

学会在心底找路

千 萍

一个小男孩儿跟着猎人到山中打猎。这里是动物经常出没的地方。猎人是个老猎手，很早的时候，他们就发现有熊、狍子、狐狸等动物在前面的空地上觅食，而且它们总是选择在中午觅食。

快晌午的时候，果然有几只白色的狐狸出现了。猎人没有急着去端枪，因为他知道，这时候并不是最佳的时机。后来，狐狸们开始放松警惕，沿着谷地的边缘，一路小跑着奔向山谷的另一头。猎人觉得是时候了，他端起枪，沉闷的两声枪响之后，狐狸们就蹿了出去。但跑着跑着，有两只狐狸的脚步慢了下来。猎人估计它们受伤了，就朝它们逃跑的方向追了过去。猎人知道，只要过一会儿，这两只受伤的狐狸就会因为快速的奔跑而精疲力竭。猎人拼命地追着，然而意想不到的是，跑着跑着，其中的一只狐狸突然改变了方向，奔向了另一条路，另外一只顿了一下，便尾随着刚才的那一只跑了。

狐狸们拐上的是一条并不适宜奔跑的路，不但崎岖不平、布满荆棘，而且有很多陷阱。猎人一边追，一边纳闷儿。然而领头的那只狐狸依旧义无反顾，后面的那只也紧紧尾随其后跑个不停。猎人知道，前面不远处就有几处陷阱。就在这时候，前面的那只狐狸已经跑到了那个位置。它并没有远远地躲开，而是奔着陷阱的方向而去。后面的狐狸似乎没有想许多，只是跟着它。就在快接近那个陷阱的时候，前面的狐狸突然一闪身，躲开了陷阱。而后面那只狐狸，由于躲闪不及，掉进了铺设的陷阱中。

猎人和小男孩儿把在陷阱中因恐惧而发抖的猎物带走了。前面的狐狸跑出去很远之后，又回过头看了一眼。见后面再没有人追上来，才突然显出受伤的情形来，一瘸一拐地仓皇逃窜。

之后，猎人语重心长地对孩子说："孩子，看到了吧，今天那只逃跑的狐狸为我们上了生动的一课。前面的狐狸知道我们这样追赶下去的结果，因此它必须想出一个逃生的方法来。或许它知道，我们只要能够得到它们中的一只，就会放弃继续追下去的念头。这时候，和它一块的狐狸就成了竞争对手。到最后它不是要跑过我们，而是要跑过与它一起逃生的另一只狐狸。"

心灵寄语

在残酷的竞争中，想要生存下去，你不一定要做最好的，只要你永远比对手做得好，你就是胜利者。文中落下陷阱的狐狸只知道盲从，心中只有别人的路，没有自己的路，下场可悲。我们应该引以为鉴。

生命的活力来自敌意

晓 雪

　　一座新型的礼堂里坐满了莘莘学子，大家正在等待着一位成功的企业家来做演讲，由于他是从一无所有开始奋斗，直到现在功成名就。所以，老师让大家学习他的奋斗经验。

　　当那位成功人士来到了台前，既没有平日里常见的笔记本，也没有大家想象中的演讲稿。他严肃地对大家鞠躬后，问道："你们刚刚走上人生的正道，那就请你们回答一个问题，你们认为在人的生命之中最重要的感情是什么？"大家想都未想，异口同声地回答说："友谊。"那位成功人士笑着摇摇头说，友谊虽然在一定程度上给予你精神支持，但是，真正能够给你以思维方式上的启迪，开拓你思维上的视野，促使你沿着新的思维方式拓展的恰恰是敌意。啊，同学们发出了质疑的声音。他又问同学们："你们认为感情中最重要的是什么呢？"同学们说："获得帮助。"他又摇摇头说："是制造困难，一个困难的高度就是你成功的方向，一个困难的深度就是你成功的指数，一个困难的广度恰恰是你走向成功所做的全部积蓄。诚然，困难与敌意是我们在座的任何一位都不愿去面对与实践的，但也只有在这种情况下的敌意与困难，才能磨炼你的意志、锤炼你的勇气、锻炼你的性格。是这些，推着你、逼迫你，踏上那条成功之路，如果你的生命之中缺少了这些困难，你以后又怎么能去体味夹缝中获取光明的喜悦呢；如果缺少了对手与你的博弈，人生就会是一杯淡而无味的白开水；如果没有对手给你制造生活的绝壁，你又怎么发挥你的全部智能去攀爬生命的高峰。如果没有高明的对手，也就无法使你自己更快地提高，你也许就默默无闻。"

短短的演讲在雷鸣般的掌声中结束。

心灵寄语

身处恶狼环伺的环境，山羊才会奔跑如飞；没有鹰隼的威胁，鸽子反而不能直冲九霄。人类也是一样，只有激烈的竞争和敌意才能让我们变得更加聪明敏锐，更有活力勇往直前！

学会大方

沛 南

　　朱某独自前来心理门诊，向医生陈述："我公公是一位八旬老人，养育了五个儿女，可是儿女在父亲丧失劳动能力后，一个也不愿赡养。我是三儿媳，看着大家都不管，也不想搅这费力不讨好的事。儿女们个个怕吃亏，都不想负自己应负的责任。我信奉的是勤俭持家，盼着能攒个万儿八千的，把房子修修，添些家什。可我丈夫总说我抠，还叫我'铁公鸡'什么的，我知道他是嫌我不争气，给他养了个女儿，使他在兄弟中抬不起头，其实我也不喜欢女娃儿，可那事儿能全怪我吗？

　　"我女儿今年八岁了，什么都好，就是抠门，不疼人，都说女娃儿知道心疼人，怎么我家的就不一样呢？我也不知哪点儿对不住她了！我现在感到自己孤立无助，很难与别人相处，也不愿意与别人相处，相处得多了自己也难免破费，你说我该怎么办呢？"

　　心理医生给出了这样的答案，他建议朱某说："你歧视女孩儿，也是一种感情上的吝啬，而且事实上已造成对她的伤害。你不是说她也很抠门，且不晓得心疼人吗？这正是你的感情吝啬对她造成的伤害和影响，使她同样也有吝啬心理。

如果父母以上述一种或多种行为对待儿童，那么儿童将对父母产生基本敌意，这种敌对态度最终又将折射到周围的一切事物和人身上。可以这样认为，有许多吝啬者从小很少甚至从未从父母那里得到过爱与关怀，致使他们不懂得如何去爱别人。他们很少与父母有情感上的交流，因此对他人的艰难处境不会引起心理共鸣。他们看到需要资助或帮助的人时，往往这样想：这不关我的事。心安理得地把责任推给别人。所以，你应该对家中老人、孩子多给一些爱心。付出一份爱心，必有相应的收获。"

在医生的启发下，经过几个月的心理调适，患者朱某开朗明白多了，她参加了许多社会公益活动，同老人、女儿的关系大为改观，邻居们也说她乐于助人，与以前相比简直是变了一个人似的。

心灵 寄语

感情上吝啬的人会更可悲，也会更孤单，同样也会给身边的人带来伤害和影响。学会放开心胸，给身边的人多一点关爱，给自己一个获得幸福快乐的机会。

别恋着小鱼缸

雅 枫

我的一位同学，大学毕业时找了份很不错的工作，在山东的一家私营企业做经理助理，这在我们当年毕业时已经是很好的工作了。

毕业后，大家各奔东西，彼此间的联系也少了许多，直到毕业一年后忽然有了他的音讯时，才知道他早辞掉了工作半年多了。惊诧之余，便千方百计打听他的电话，然后便给在上海的他拨通了电话。

寒暄两句后我便直入主题，问他放着那么好的工作不好好干，干吗要辞职？

他先是停了一会儿，然后说谢谢老同学的关心，最后他给我讲了个故事。

他说他做经理助理时，有一次，想给经理的办公室弄一点儿情调，就在外面买回四条小金鱼。小金鱼刚买回来的时候，活生生的非常可爱，可是第二天早上上班时，一条就翻着肚皮浮在水面了。接着第三天又有两条死了，叹惜之余也就作罢。不料，过了几天，他又碰见那个卖鱼的，就把鱼死的事情给卖鱼的说了。

谁知那卖鱼的说，鱼死是意料中的事。我的同学很诧异，就问为什么，卖鱼的说，鱼缸那么小，养四条鱼，水中的那么一点氧气怎么够用，要想鱼不死，要么换大鱼缸，要么把鱼分开放在其他的小鱼缸里。

本来，卖鱼的是本着职业的缘故讲给我那位同学听的，可是我的同学听了卖鱼的一番道理，三天后就毅然辞职，只身去了上海。

他在电话中告诉我，他的工作虽好，可他们一个单位一下子进了四五个大学生，他们的技术总监还是从一家拥有几万人的国有单位聘请来的老技师。要说待遇，老板对他们不错，可是几个能力都很不错的人挤在一个小单位，不就像几条鱼挤在一个小鱼缸里吗？他知道，缺氧的日子迟早会来，与其等着将来在鱼缸中窒息，还不如提前跳出小鱼缸，不但超度了自己，也解救了别人。

现实中，使你失败的原因往往不是能力，而是缺乏改变现状的勇气和胆量。生命有无数的可能，只要你记着：别恋着小小的鱼缸。

心灵 寄语

人能想多远，就能走多远。如果只是眷恋着小鱼缸的安逸，就永远没有机会成长为大鱼，永远无法感受外面世界的精彩。鼓起勇气吧，跳出小鱼缸，在大海中锻炼自己，有朝一日终会跃过龙门，化身为龙。

约翰·哈佛的故事

雪 翠

　　哈佛大学成立于1636年10月28日，但它最初的校名不叫哈佛。1637年冬，有一位英国剑桥大学的毕业生移民到了新大陆。他时年二十九岁，刚结婚不久，还没有孩子。他的名字叫约翰·哈佛(John Harvard)，来自伦敦。他住在查理斯镇，与那所新成立学院(当时尚没有正式的校名)的所在地剑桥镇中间隔着一条河，河的名字叫查理斯河。

　　约翰·哈佛当时的梦想是成为查理斯镇教堂的助理牧师。可惜他在新大陆活了不到一年。1638年9月，他因患肺病死于查理斯镇。临死前，他立遗嘱将自己一半的财产(约值七百八十英镑)和所有的图书(约四百本)捐赠给河对岸那所新成立的学院。这是该学院成立以来所接受的最大一笔捐款，为表示感谢，校方决定，将这所尚未正式命名的学院命名为哈佛学院。那是1639年3月16日的事情，距该新学院成立已有两年半，距哈佛本人去世也有半年了。

　　哈佛学院所受赠的七百八十英镑捐款，是当年该校全年财政拨款的近两倍(当年政府给学校的拨款是四百英镑)，这在当时是一笔了不起的捐款。用时下之术语来说，校方用这笔钱开发了不少的"硬件"和"软件"。但哈佛所赠的四百本书却遭受了厄运，它们毁于一场大火。只有一本书因一个学生前一天晚上借书未还而免遭劫难。最具意味的是，当这个学生第二天去归还这本珍贵无比的"孤本"时，当时的哈佛院长亨利·邓斯特(Henry Dunster)还是以"借书不得带出图书馆"这条校规开除了那个为哈佛校史作出突出贡献的学生。

哈佛本人出生在英格兰，父亲是一个屠夫，可是发生在1625年的一场瘟疫，夺去了他父亲和四个兄弟姐妹的生命。由于哈佛本人也是英年早逝，没有留下子女，在整个美洲大陆，绝少有人姓哈佛的。就是在英国本土，哈佛这个姓也是很少见的。

想当年，当约翰·哈佛凄凉地死在查理斯镇的小木屋时，他一定会为自己不能在新大陆实现自己的抱负而感到十分遗憾，并为自己不能和太太育有一两个后代而感到无限的惋惜。望着查理斯河对岸的那所新学校，哈佛或许会想：那将是我对这片新大陆的唯一贡献了，希望它能有所作为。

相信能令哈佛感到无比宽慰的是，查理斯河对岸的那所学校不仅以他的姓来命名，而且最终成为全新大陆乃至全世界最出色的大学之一。更重要的是，当今世界各地的年轻人无不向往成为一名哈佛人，并为此感到无比的荣幸和自豪。

九泉之下，约翰·哈佛可以安息了。

心灵 寄语

如果不读这个故事，我们可能永远也无法知道哈佛大学名字的来历。约翰·哈佛只是一个普通人，但他的一个善举，却成就了哈佛大学的今天。不要小看无私的付出，也许一个小小的善行就能使我们拥有一块自己的丰碑。

最温暖的阳光

李晓琴

猝不及防地，我失业了。

挣钱的时候，我大手大脚惯了，一点儿积蓄也没有。眼看着卧病在床的丈夫和嗷嗷待哺的孩子，我的心如铅般沉重。

那天晚上，当我拎着两棵白菜垂头丧气地往回走的时候，在一家公用电话亭的门口，遇见了安澜。安澜是我中学时代的好友，眼下是一家时装店的老板，她的老公则是人人羡慕的公务员，据说小日子过得挺滋润的。

她一点也没有变，依然快言快语，古道热肠。才聊了几句，安澜便说道："你原来那破单位有什么值得留恋的！凭你的才气，出来自己混，早就该发了。你说我们班上的女生，还有谁比得过你呢？"

我心中的阴云一点点散去，一丝阳光悄悄地洒了进来，觉得异乎寻常的温暖。

安澜高声大嗓地把我鼓吹了一通，忽然压低了声音，神秘兮兮地对我耳语道："你让我好找啊，我可是有要事托你帮忙呢！"说罢，扯着我拐进了一个小巷，又鬼鬼祟祟地摸出一个小折子塞在我手里，神情凝重地说："这个折子上的一万元钱是我积攒的一点私房钱，一时派不上用场——我是预备养老用的，特地来请你替我保管。你要用只管用，只是千万要为我保密呀！"

四年过去了，我们一家三口幸福地生活着——我用安澜那一万元钱开了一家鞋店，现早已替我赚进了数万元现金，另外，在小镇的中心位置，它还给我赢得了一套舒适的住房。而且现在，我鞋店的生意在小镇中首屈一指，早就远远地盖过了安澜。

只是，我永远也无法忘记，安澜从我手中接过那本活期存折时脸上的那种欣喜至极的感叹："我就知道，钱存在你手里是最安全的，要不然，我早就花光啦。嗨，今晚我请客！"

世上所有的语言在安澜面前都是那么的黯淡无光。那一刻，我才真正明白，助人的最高境界，是尊重，而绝非是施舍。

心灵 寄语

帮助人不需要大张旗鼓，首先应尊重他人，用一种善意的方式给他一种鼓励，这才是真正地帮助到人了。这种关爱犹如最温暖的阳光射进了需要帮助的人的心里，它能从你的关爱中得到重生。这是世界上最善良的人格。

真理诞生于
一百个问号之后

周华诚

　　有一句著名的格言："真理诞生于一百个问号之后。"这句格言本身，也是真理。

　　人们总是很尊敬发现真理的人。其实，要发现真理，说难也不难，说容易也并不容易。真理常常就在你的身边，看你有没有一双敏锐的眼睛，看你有没有一个善于思考的脑子，看你有没有敢于坚持真理的勇气。

　　纵观千百年来的科学技术发展史，那些定理、定律、学说的发现者、创立者，差不多都很善于从细小、司空见惯的自然现象中看出问题，追根求源，终于把"?"拉直，变成"!"，找到了真理。

　　就拿洗澡来说，是一件非常普通的事情。洗完澡，把浴缸的塞子一拔，水哗哗地流走……然而，美国麻省理工学院机械工程系的系主任谢皮罗教授却敏锐地注意到：每次放掉洗澡水时，水的旋涡总是向左旋的，也就是逆时针的！

　　这是为什么呢?谢皮罗紧紧抓住这个问号不放。他设计了一个碟形容器，里面灌满水，每当拔掉碟底的塞子，碟里的水也总是形成逆时针旋转的旋涡。这证明放洗澡水时旋涡朝左，并非偶然，而是一种有规律的现象。

1962年，谢皮罗发表了论文，认为这旋涡与地球自转有关。如果地球停止自转的话，拔掉澡盆的塞子，不会产生旋涡。由于地球不停地自西向东旋转，而美国处于北半球，便使洗澡水朝逆时针方向旋转。

谢皮罗认为，北半球的台风都是逆时针方向旋转，其道理与洗澡水的旋涡是一样的。他断言，如果在南半球则恰好相反，洗澡水将按顺时针形成旋涡；在赤道，则不会形成旋涡！

谢皮罗的论文发表之后，引起各国科学家莫大兴趣，纷纷在各地进行实验，结果证明谢皮罗的论断完全正确。

谢皮罗教授从洗澡水的旋涡，联想到地球的自转问题，联想到台风的方向问题，并做出了合乎逻辑的推理，这正是他目光敏锐、善于思索的表现。

无独有偶，在六十多年前，一位名叫密卡尔逊的生物学家，调查了蚯蚓在地球上的分布情况，他指出，美国东海岸有一种正蚯蚓，而欧洲西海岸同纬度地区也有正蚯蚓，在美国西海岸却没有这种蚯蚓。密卡尔逊无法回答这是为什么。

密卡尔逊的论文，引起了德国地质学家魏格纳的注意。当时，魏格纳正在研究大陆和海洋的起源问题。他认为，小小的蚯蚓，活动能力很有限，无法跨渡大洋，它的这种分布情况正好说明欧洲大陆与美洲大陆本来是连在一起的，后来裂开了，分为两个洲。他把蚯蚓的地理分布，作为例证之一，写进了他的名著《大陆和海洋的起源》一书。

魏格纳从蚯蚓的分布，推论地球上大陆和海洋的形成，这证明：他的成功在于从问号中寻求真理。

最为有趣的是一位奥地利医生，他看到儿子睡觉时，忽然眼珠转动起来。他感到奇怪，连忙叫醒了儿子，儿子说他刚才做了一个梦。

这位医生想，眼珠转动会不会与做梦有关呢？

于是，他把儿子当成了"试验品"：每当儿子睡觉时，他便守在旁边，一旦发现儿子眼珠转动，就叫醒儿子，儿子总是说做了一个梦。

医生又细细地观察他的妻子，后来又观察了邻居，都发现同样的情况，于是，他写出了论文，指出了当人的眼珠转动时，表示睡眠者在做梦。

他的论文引起了各国科学家的注意。如今，人们研究梦的生理学，用眼珠转动的次数、转动时间，测量人做梦的次数、梦的长短。

洗澡水的旋涡、蚯蚓的分布、做梦，这些都是很平常的事情。然而，善于"打破砂锅问到底"的人，却能从中有所发现，有所发明，有所创造，有所前进。

在科学史上，这样的事例岂止三个？它说明科学并不神秘，科学并不遥远，只要你见微知著，那么，当你解答了一百个问号之后，必能发现真理。

心灵 寄语

真理总是藏身于那些我们司空见惯的事情之中，把它找出来的唯一办法就是不断地对这些事情问："为什么？"要知道，世界上所有问题都怕"认真"二字。当我们问得足够多了，真理会自己走出来，给我们一个合理的解释和满意的答案。

美丽人格创造奇迹

最美的人不是本身就美，而是他创造出了美。为了追求美丽的梦想，需要不断地努力。时间和机会不会为你停留，只有与时间赛跑，才有可能赢得美丽的人生，得到心灵的升华。在不可能面前创造出奇迹，你就是一朵奇葩。

最好的帮助

吴淡如

静瑜是一个热心的社工。某一年，她负责帮助6位曾受过暴力伤害的小朋友，让他们不再自闭，重新恢复交朋友、接触人群的能力。

在她觉得时机已经成熟的时候，她决定办一个烤肉大会，邀请社区里某个教会团体的小朋友同欢。

本以为自己已经跟小朋友们说好了，说这30位小客人都是很友善、很有礼貌的，他们要尽到主人待客的责任。但当30位小朋友"冲"进来的时候，这6位小主人还是躲在房子的角落，像一群受了惊吓的小鸡。

不管静瑜怎么劝诱，这6只颤抖的"小鸡"还是没有办法主动和别人交谈。

她灵机一动，想到一个办法："以前都是我弄东西给你们吃，现在老师累了，希望能够吃几片烤肉，有没有人愿意烤给我吃呢？"

这6个小朋友竟然马上答应了，而且很迅速地开始烤肉给老师吃，接着又烤给其他的社工叔叔阿姨吃。上了瘾之后，他们很自然地与所有的小客人分工合作，在完全没有被勉强的情况下，其乐融融地开始交起朋友来。

静瑜没有想到，一个小小请求，竟然可以达到这么好的效果。

平日，都是她在担任给予者的角色，也感受到了"施比爱更有福"。她惊讶的是，一直受辅导的小朋友，只有从给予中才会得到真正的自信。

每个人都希望成为一个有用的人，不是一个永远受到帮助的人。

我也曾在报纸上读到一个温馨的小文章：有个老师一改传统，让班上每个小朋友都有机会当"长"，反而让大家感情更好，成绩更进步，也更喜欢到学校上课。

如果学生很懂事，就让他当"董事长"。

如果他负责关锁教室门窗，就是"所长"。

愿意倒垃圾，就是"社长"。

只要能够赢过自己，就是"营长"。

这种论功行赏的方式很新颖，也很让人感动。

荣誉感不必从恶性竞争中获得，只要负小小的责任就能得到。

这也让我思考到：有时，我们过度热心地扛起所有责任，反而让自己所爱的人失去功能。扛起所有责任，久了就累了、疲了，不想再做那么多，但会让失能的人反过来责怪我们："为什么你变了？"或"原来你以前都是骗我的。"

难怪我认识的一位女性主义者有句名言："当一个女人沾沾自喜地说，如果男人没有她，连内衣裤都找不到的时候，其实是两人关系最危险的时候。"

在关爱与信赖的前提下，让我们所爱的人不要失去自我负责的功能，才是对他们最好的帮助。

有时请求帮助也是一种帮助，它让人体会到自己的功能，从中找到自信。即使是一件很小的事，他也能从自己的责任中找到荣誉感，这是世界上最好的帮助。

沉默是金

秦文君

　　他念初三，隔着窄窄的过道，同排坐着一个女生，她的名字非常特别，叫冷月。冷月是个任性的女孩儿，白衣素裙，下巴抬得高高的，有点拒人千里的味道。

　　冷月不轻易同人交往，有一次他将书包甩上肩时动作过火了，把她漂亮的铅笔盒打落在地，她拧起眉毛望着不知所措的他，但终于抿着嘴没说一句不中听的话。

　　他对她的沉默心存感激。

　　不久，冷月住院了，据说她患了肺炎。男生看着过道那边空座位上的纸屑，便悄悄地捡起扔了。

　　男生的父亲是肿瘤医院的主治医生，有一天回来就问儿子认不认识一个叫冷月的女孩儿，还说她得了不治之症，连手术都无法做了，唯有等待，等待那最可怕的结局。

　　以后，男生每天都把冷月的空座位擦拭一遍，但他没有对任何人吐露这件事。

　　三个月后，冷月来上学了，仍是白衣素裙，却是脸色苍白。班里没有人知道真相，连冷月本人也以为诊断书上仅仅写着肺炎。她患的是绝症，而她又是一个忧郁脆弱的女孩儿，她的父母把她送回学校，是为了让她安然地度过最后的日子。

　　男生变了，他常常主动与冷月说话，在她脸色格外苍白时为她打来热水；在她偶尔唱一支歌时为她热烈鼓掌；还有一次，听说她生日，他买来贺卡动员全班同学在卡上签名。

　　大家纷纷议论，相互挤眉弄眼，说他是冷月最忠实的骑士，冷月得知后便躲着他。可他一如既往，缄口为贵，没有向任何人吐露一点儿风声，因为那消息若是传到冷月耳里，肯定是一把杀伤力很大的利刃。

　　这期间，冷月高烧过几次，忽而住院，忽而来学校，但她的座位始终被擦拭得一尘不染，大家渐渐地习惯了他对冷月异乎寻常的关切以及温情。

　　直到有一天，奇迹发生了。冷月体内的癌细胞突然找不到了，医生给她新开了痊愈的诊断，说是高烧在非常偶然的情况下会杀伤癌细胞，这种概率也许是十万分之一，纯属奇迹。这时，冷月才知道发生的一切，才知道邻桌的他竟是她主治医生的儿子。

　　冷月给男生写了一张纸条，只有6个字：谢谢你的沉默。男生没有回条子，他想起了以前那件小事上她的沉默……

心灵 寄语

　　有时候不需要言语，简单的沉默也能代表谅解，代表鼓励与关心。也许正是因为你的沉默，恰恰是带给他人最好的礼物，正是因为你考虑到，言语可能只是一把利刃伤害到他人，所以这时选择用沉默代替言语是善良的举动。

神

芷安

一个经理，他把全部财产都投资在一种小型制造业上。由于世界大战爆发，他无法取得他的工厂所需要的原料，因此只好宣告破产。

金钱的丧失，使他大为沮丧，于是，他离开妻子儿女，成了一名流浪汉。

他对于这些损失无法忘怀，而且越来越难过。

后来，他甚至想要跳湖自杀。

一个偶然的机会，他看到了一本名为《自信心》的书。

这本书给他带来勇气和希望，他决定找到这本书的作者，请作者帮助他再度站起来。

当他找到作者，说完他的故事后，那位作者却对他说："我已经以极大的兴趣听完了你的故事，我希望我能对你有所帮助，但事实上，我却没有能力帮助你。"

他的脸立刻变得苍白，他低下头，喃喃地说道："这下子我完蛋了。"

作者停了几秒钟，然后说道："虽然我没有办法帮助你，但我可以介绍你去见一个人，他可以协助你东山再起。"

听到这句话，流浪汉立刻跳了起来，抓住作者的手，说道："求求你，请带我去见这个人。"

于是作者把他带到一面高大的镜子面前，用手指着镜子说："我介绍的就是这个人。在这个世界上，只有这个人能够使你东山再起。除非你坐下来，彻底认识这个人，否则，你只能跳到密歇根湖里去。因为在你对这个人做充分地了解之前，对于你自己或这个世界来说，你都将是个没有任何价值的废物。"

他朝着镜子走了几步，用手摸摸他长满胡须的脸孔，对着镜子里的人从头到脚打量了几分钟，然后退几步，低下头，开始哭泣起来。

几天后，作者在街上又碰见了这个人，几乎认不出他来了。他的步伐轻快有力，头抬得高高的。他从头到脚打扮一新，看来是很成功的样子。"那一天我进入你的办公室时，还只是一个流浪汉。但我对着镜子找到了我的自信。现在我找到了一份年薪三千美元的工作，我的老板先预支了一部分钱给我的家人。我现在又走上成功之路了。"他还风趣地说，将再拜访那个作者一次，"我将带着一张签好字的支票，收款人是你，金额是空白的，由你填上数字。因为你介绍我认识了自己，幸好你要我站在那面大镜子前，把真正的我指给我看。"

心灵 寄语

生活中最难的不是战胜别人，而是征服自己。拥有一份自信，就相当于拥有一把锋利的宝剑，能够斩杀生活中的拦路虎。自信是我们身上珍贵的财富，做个有自信的人，使自己变得强大起来。

成功的秘密

静 松

　　乔·甘道夫博士是全美十大杰出业务员之一。他是历史上第一位一年内销售超过10亿美元保险费的寿险大师。乔·甘道夫博士出生在美国肯塔基州，并在那儿长大。他的父亲是外国移民，在他移居美国后不久，便与意大利西西里家庭中的一位老姑娘结婚了。

　　甘道夫常常自豪地说："我的父亲是一位勤劳、能干的人，他常告诉我，在美国，你可以随心所欲地干你愿意干的事，但对你来说，从商是最好不过的事情。"

　　在甘道夫12岁时，母亲因患癌症去世。他读中学的时候，他的父亲也魂归天国了。

　　失去父母后，甘道夫陷入难以忍受的痛苦之中。之后，他进入军事研究院，1959年，他成了一名数学老师，他利用业余的时间做些辅导员的工作，当时他的月收入仅为238美元。

　　1960年，甘道夫进入保险公司，他的推销生涯从此开始。

　　甘道夫每天5点起床，6点钟做完弥撒，然后就开始一天的工作，直到深夜10

点。如果当天工作进展不好，他就省掉一顿饭。

由于他的努力，在第一星期就达到了9.2美元的销售额。

甘道夫恨不得把吃饭睡觉的时间都用来工作，他说："我觉得人们在吃睡方面花费的时间太多了，我最大的愿望就是不吃饭，不睡觉。对我来说，一顿饭若超过20分钟，就是浪费。"

1976年，甘道夫的销售额高达10亿美元，成为百万圆桌会议会员。甘道夫一年的销售额大大超过了绝大多数保险公司的年销售总额。

读完这个故事我很感动，一个兢兢业业的保险推销员，工作竟达到了废寝忘食的境界。让我们相信，成功人的背后总是有一段艰辛的过程，勤奋努力是必不可少的精神。我们需要给自己制订一个目标，然后努力去完成。

潜　力

宛　彤

纽约里士满区有一所穷人学校，它是贝纳特牧师在经济大萧条时期创办的。1983年，一位名叫普热罗夫的捷克籍法学博士，在做毕业论文时发现：50年来，该校出来的学生在纽约警察局的犯罪记录最低。

为延长在美国的居住期，他突发奇想，上书纽约市市长布隆伯格，要求得到一笔市长基金，以便就这一课题深入开展调查。当时布隆伯格正因纽约的犯罪率居高不下而受到选民的责备，于是很快就同意了普热罗夫的请求，给他提供了1.5万美元的经费。

普热罗夫凭借这笔钱，展开了漫长的调查活动。

从80岁的老人到7岁的学童，从贝纳特牧师的亲属到在校的老师，凡是在该校学习和工作过的人，只要能打听到他们的住址或信箱，他都要给他们寄去一份调查表，问：圣·贝纳特学院教会了你什么？

在将近6年的时间里，他共收到三千七百多份答卷。在这些答卷中，有74%的人回答，他们知道了一支铅笔有多少种用途。

普热罗夫本来的目的，并不是真的想搞清楚这些没有进过监狱的人到底在该校学了些什么，他的真实意图是以此拖延在美国的时间，以便找一份与法学有关的工作。

然而，当他看到这份奇怪的答案时，再也顾不了那么多了，决定马上进行研究，哪怕报告出来后被立即赶回捷克。

普热罗夫首先走访了纽约最大的一家皮货商店的老板。老板说："是的，贝纳特牧师教会了我们一支铅笔有多少种用途。我们入学的第一篇作文就是这个题目。当初，我认为铅笔只有一种用途，那就是写字。谁知铅笔不仅能用来写字，必要时还能用来做尺子画线；还能作为礼品送人表示友爱；还能出售获得利润；铅笔的芯磨成粉后可作润滑粉；演出时也可临时用于化妆；削下的木屑可以做成装饰画；一支铅笔按相等的比例锯成若干份，可以做成一副象棋，可以当做玩具的轮子；在野外有险情时，铅笔抽掉芯还能被当做吸管喝石缝中的水；在遇到坏人时，削尖的铅笔还能作为自卫的武器……总之，一支铅笔有无数种用途。贝纳特牧师让我们这些穷人的孩子明白，有着眼睛、鼻子、耳朵、大脑和手脚的人更是有无数种用途，并且任何一种用途都足以使我们生存下去。我原来是个电车司机，后来失业了。现在，你看，我是一位皮货商。"

普热罗夫后来又采访了一些圣·贝纳特学院毕业的学生，发现无论贵贱，他们都有一份职业，并且都生活得非常乐观。

而且，他们都能说出一支铅笔至少20种的用途。

普热罗夫再也按捺不住这一调查给他带来的兴奋。调查一结束，他就放弃了在美国寻找律师工作的想法，匆匆赶回国内。

后来，他成为捷克最大的一家网络公司的总裁。

心灵 寄语

　　一支小小的铅笔竟有如此多的用途，这告诉我们，只要去发掘，就能发现更多没被注意的潜能。这条路既然走不通了，我们还可以选择其他的路，也许那条路才是捷径。工作中也是，不要在失败的地方苦苦挣扎，也许其他领域更适合自己，会有更好的发展。

美丽人格创造奇迹

向 晴

舞蹈家黄豆豆，身兼数职：舞星、教师、艺术总监等，每天早上7点起床，跑步、练功……风雨无阻，他总是停不下来。他个子矮，下肢短，先天条件严重不足，但他却成为世界"舞"林高手。他说，他早就知道有个成功的公式是：1%的天赋加上99%的努力。他身边没有这样的人，而他做到了，这令他倍感自豪。

25岁，多少人的人生才刚刚起步，而他可以说是已经功成名就，令人羡慕。但黄豆豆仍然在与自己竞争，"永远停不下来"，一旦做了某事，就要尽全力把它做到最好，这是他的个性。

如果有一天"停"了下来，他就会发胖，他必须一直保持一种飞翔的感觉。

他不能失败，因为失败就意味着离开舞台，告别青春。

海尔集团首席执行官张瑞敏在一次中层干部会上提出这么一个问题：石头怎样才能在水上漂起来？反馈回来的答案五花八门，有人说"把石头掏空"，张先生摇摇头；有人说"把它放在木板上"，张先生说"没有木板"；有人说"石头是假的"，张先生强调"石头是真的"……

终于有人站起来回答说："速度！"

张瑞敏脸上露出满意的笑容："正确！《孙子兵法》上说'激水之疾，至于漂石者，势也。'速度决定了石头能否漂起来。"

这让我想到了跳远、跳高、飞机、火箭……也想到"无法停下来"的黄豆豆，以他的身体条件，是成不了舞者的，但他最后却让石头漂了起来！石头总是要往下落的，但速度改变了一切。打水漂的经验告诉我们，石头在水面跳跃，是因为我们给了石头一个方向，同时赋予了它足够的速度。

人生也是如此，没有人为你等待，没有机会为你停留，只有与时间赛跑，才有可能会赢。

美国最负盛名的棒球手佩奇说：永远不要回头看，有些人可能会超过你。

那个可爱的阿甘在赢得美人归后，有人问他爱情心得是什么，他说："我跑得比别人快！"

在非洲，每天早晨，羚羊睁开眼睛，所想的第一件事就是：我必须比跑得最快的狮子更快，否则，我就会被狮子吃掉。而就在同一时刻，狮子从梦中醒来，首先闪现脑海的一个念头是：我必须追得上跑得最慢的羚羊，要不然我就会饿死。于是，几乎是同时，羚羊和狮子一跃而起，迎着朝阳跑去。

心灵 寄语

最美的人不是本身就美，而是他创造出了美。为了追求美丽的梦想，需要不断地努力。时间和机会不会为你停留，只有与时间赛跑，才有可能赢得美丽的人生，得到心灵的升华。在不可能面前创造出奇迹，你就是一朵奇葩。

诚实的果实

采 青

有一天，亚历山大大帝到花园散步。

在小榭亭旁，他看到一个年轻的侍从因疲倦而靠在石柱上沉沉地睡着了，腮边还挂着一点泪珠。

亚历山大大帝觉得有些奇怪，刚想厉声喝醒那个偷懒的侍从，但一转念又停住了，因为他看到一封已拆开的信从侍从的衣袋里掉了出来。

在好奇心的驱使下，亚历山大大帝拾起了那封信。

原来信是侍从的母亲写来的，信上说侍从上次托人带回家的钱已经买了药，够吃些日子的了，并劝慰儿子不要记挂母亲的病……

看完信，亚历山大大帝深感母爱的伟大，如一股清泉，流溢于心。于是，他从口袋里取出一袋金币，连同信一同放在侍从的衣袋里，转身返回了宫殿。

过了一会儿，侍从从睡梦中醒来，下意识地摸衣袋里的家书，竟意外地在衣袋里发现了一袋金币，装金币的金丝袋上还绣着亚历山大大帝的名字。侍从顿时惊出一身冷汗，心里害怕极了，心想这一定是有人陷害自己。为了澄清自己，侍从连忙到宫殿求见亚历山大大帝。

亚历山大听到禀报后，立即接见了那个侍从，并大声问道："侍从，你有何事想见本皇？"

"尊敬的陛下，小人刚才没有忠于职守，偷懒睡了一会儿，醒来时发现衣袋里有一袋金币。这一定是有人想陷害我偷了陛下的金币，望陛下明查，予以澄清。"说完，侍从手捧那袋金币递给亚历山大大帝。

亚历山大大帝听后，和蔼地笑道："看来，你很诚实，那么这袋金币就是你诚实的回报。现在你可以把这些金币捎回家，给母亲买药治病了，并代我向她问候。"

我想，那个侍从一定不会想到，自己的诚实会获得如此丰厚的回报，而这个故事也恰恰给了我们一些很好的启迪：

诚实是人心灵纯净的光芒，不仅可以照亮自己，也能温暖他人。一个人拥有了诚实，也就拥有了"生命的黄金"。

心灵 寄语

诚实是金。它经受着人世风尘的磨洗，最终渗透进人性，成为人性中最朴实珍贵的宝藏；它伴随人的一生，扶助着人，成就着人，从而使真善美的世界充溢着真诚与华美。

伯恩斯坦的痛苦

向 晴

　　我不知道，这样的镜头是如何拍摄到的：一代指挥大师伯恩斯坦痛苦地趴在工作台上，头发凌乱。他的右手无力地向前伸着，手中的笔似乎刚从他指间脱出。笔尖的墨汁滴在尚未写完的、已经涂画过的乐谱上……如果不作解释，谁会相信这就是我们所熟悉的伯恩斯坦！

　　长久以来，英姿勃发、潇洒倜傥的伯恩斯坦是带着指挥家的盛名和荣耀出现在我们面前的，他那极富个性的指挥风格和风度，倾倒了无数的乐迷。然而，追溯伯恩斯坦的成长经历，他最早的抱负其实是当一名作曲家。1918年，伯恩斯坦出生在美国马萨诸塞州的劳伦斯，早年曾求学于哈佛大学，因为酷爱音乐，后转入美国著名的寇蒂斯音乐学院，师从美国当时非常有名的作曲家和音乐理论家辟斯顿学习作曲。在此期间，性格活跃的伯恩斯坦还随著名指挥大师赖纳学习指挥，不过，他当时的主要意向还是作曲，创作的热情非常高涨，写了一系列出手不凡的作品。一时间，伯恩斯坦的作品犹如一阵清新之风吹拂了美洲大陆，人们发现一位新的作曲大师已崭露头角。

　　就在伯恩斯坦写出一部部新作品的同时，具备多方面音乐才华的他（伯恩斯坦的钢琴弹得很好）又涉足指挥领域。他先是到波士顿坦格伍德的音乐培训中心学校学习，成为著名指挥大师库谢维茨基的学生，深得库氏的赏识，两年后成为其助手。后来，他又因一个偶然的机会被当时担任纽约爱乐乐团常任指挥的罗津斯基发现，推荐他担任这个著名乐团的助理指挥。在1943年的一场重要的音乐会上，年仅二十五岁的伯恩斯坦代替因病不能上场的瓦尔特出场指挥，获得了极大成功，由此一举成名。

伯恩斯坦由此成为乐坛上的两栖明星。而到了1958年，决定伯恩斯坦成为一流指挥家的时刻终于到来，因为就是在这一年，伯恩斯坦接过了米罗普洛斯的指挥棒，成为纽约爱乐乐团常任指挥。在世界乐坛的指挥领域，这是个让人羡慕的位置，在以后的数年中，伯恩斯坦几乎成了纽约爱乐乐团的名片。

伯恩斯坦在指挥上成名的速度和亮度更甚于他在作曲上的成就，但在内心深处，他还是以作曲为己任的。就当他在指挥之路上一帆风顺的时候，他已经意识到这会影响到自己的创作，但指挥家的光环、社会名流的待遇、剧场内如潮的掌声和喝彩，让生性外向的伯恩斯坦放不下手中的指挥棒。如果我们作一下统计，就会发现，奠定伯恩斯坦作为一个作曲家基础和声望的几乎都是他在1958年前创作的作品，如：《第一（耶利米）交响曲》《第二（焦虑的年代）交响曲》《小夜曲》《西区故事》等。尽管在以后的几十年中，伯恩斯坦仍断断续续写过些作品，但其创作的速度、力度及数量，已远不能与1958年前相比。1958年成了伯恩斯坦事业的分水岭：他迎来了指挥的高峰，却预示着创作上的衰退。

在执棒纽约爱乐乐团的岁月里，创作的欲望无时不在撞击和折磨着伯恩斯坦。因此每逢休假，伯恩斯坦总要找一段时间把自己关在屋内进行作曲，他竭力想找回以前的活力和灵感，他要激活和实现年轻时的梦想与抱负，然而除了偶尔闪过的灵光外，面对案前正在谱写的音符，他更多面临的却是深深的失望与苦恼，乐思的枯竭像幽灵一样驱之不散，于是本文开头的一幕就时时出现了……

是创作还是指挥？这个矛盾和冲突几乎贯穿了伯恩斯坦的一生，当他在舞台上无数次接受掌声和鲜花时，有谁能明白他背后的隐痛和遗憾？作为一个指挥家，他已获得了巨大的成功，但创作的神奇和永恒时时召唤着他，使他内心始终得不到真正的安宁。一直到了晚年，伯恩斯坦终于下定决心：辞去纽约爱乐乐团的指挥，回家专心创作。

在人生的旅途业已步入黄昏时，仍有激情和意志去实现自己念念不忘的夙愿，这是多么难能可贵。但是，为时已晚了，疾病已开始向伯恩斯坦袭来，而更让伯恩斯坦感到痛苦的是，有人认为他创作的音乐只停留在《西区故事》这样的音乐剧的层面上，不可能再有所超越了。这对伯恩斯坦来说，无疑是更致命的一击。在他晚年的时候，每念及此，他都耿耿于怀。伯恩斯坦一定是带着深深的遗憾告别人世的。然而，当我们回视上个世纪的世界乐坛，便会感叹，那时正是因为有了伯恩斯坦，美洲才真正有资格与由卡拉扬统率的欧洲大陆指挥相抗衡。从这一点上来说，一生叹息的伯恩斯坦也许会感到一丝欣慰。

心灵寄语

命运仿佛是挣不断的锁链，在你茫然未决之际决定你的人生。如果人盲目地顺从，就会陷入苦痛和伤悲，因此我们要学会选择，战胜命运、战胜自我，做自己的主人，开创美好的未来。

爸爸是只大猩猩

忆 莲

自从小芳患上白血病后，便花光了家里的全部积蓄。亲朋好友虽伸出了援助之手，但也只是杯水车薪。本来已经到了不惑之年，他却感到一片茫然。下岗后，他的脾气变得异常暴躁。在家里他常常望着天花板发呆。女人从自由市场转来转去买回的菜，他还嫌贵，曾为五分钱引起过一场家庭战争。

他不间断地在职介所穿梭，好不容易才找到了一份差事。于是对家里说：应聘到火车站搞零担装卸……女人和孩子脸上自然有了一丝笑意。

女人在一家半死不活的企业做纺纱工。十五年前，厂里辉煌时，与男人结的婚。这朵娇艳的"厂花儿"，历尽岁月蹉跎。一头乌亮的头发，变得稀疏、干枯；丰腴、白皙的脸上，平添了几许褶皱。

为了满足女儿也许是最后的一次愿望，她特意请了假，一大早两个人便乘坐开往郊外的长途车，直奔一家民营野生动物园。

"妈妈……我要看大猩猩表演。"

女人毫不犹豫地买了票，攥紧女儿的手，融入人流中。

中伏天，不见一丝风，闷热得像蒸桑拿。可爱的大猩猩一会儿打着秋千，

一会儿在高低杠上上下翻腾。高超的技艺，引得场外的孩子阵阵欢呼、雀跃。大猩猩呼呼地喘着粗气。下一场，将是踩钢丝表演，被称做超级"达瓦孜"。

为了看得真切，小芳钻到游客最前面，同时把手里唯一一只香蕉用力丢给了大猩猩。

大猩猩望着她，良久，流出了眼泪。

多么通人性呀！

人们晃动着身体，争相抢喂大猩猩食物。

突然，一位小孩儿掉进大猩猩的表演场！小孩儿惊惶，吓得浑身颤抖。上边游客大声疾呼："救人！救人！"

正在这时，大猩猩却说话了："小朋友，请不要害怕……"说着脱下了披在身上毛绒绒的"衣服"，露出人的脑袋。他的脸上流满了汗珠，浑身上下，通体湿透。

哦，原来是一个披着猩猩皮的人！

小孩儿有惊无险。

游客一片哗然。

当小芳一眼认出是自己的父亲时，她紧紧地握着妈妈的手。

那位扮演大猩猩的男人，满怀深情地抱起小孩儿，激动地走向看场。他向大家深深地三鞠躬，满含愧疚地说："请大家谅解……其实在我的家里，也有一位像她这般花朵儿一样可爱的女孩儿，不幸的是一年前她却患上了白血病……"男人哽咽着，"只得舍出我这张老脸……"

"爸爸！"小芳挤出人群，一头扑倒在男人的怀里。女人紧随其后，泪水模糊了眼睛。

霎时，人们的目光已由最初的愤怒转向理解、同情、佩服，纷纷从各自的挎包、口袋里捐出一张张人民币，递到男人那双粗糙、宽厚的手里。

心灵寄语

　　女儿的病让原本不富裕的家庭雪上加霜，让父亲放弃尊严拼命赚钱。这个家庭是不幸的，但又是幸福的，因为有彼此的爱支撑，相信雨后的阳光会更灿烂无比。不抛弃、不放弃，对一个家庭来讲是一笔最宝贵的财富。

每个人都是自己的英雄

小鱼儿

对于檀咪·希尔来说，2002年感恩节是个快乐的日子。她开车载着三个孩子——1岁零8个月的特里莎、4岁的特劳妮和7岁的特杜斯，去她的父母家吃晚饭。那里距她自己家只有半个小时的车程。

晚餐后，夜色深沉，在把孩子们放进车里的小孩儿座位之前，她先给他们穿上了睡衣。因为在回家之前他们就会在车上睡着，到时候，她只需直接把他们抱到床上就行了。

这是这个家庭破裂之后过的第二个感恩节。檀咪和她的丈夫阿丹斯两年前离婚了，每天晚上8点，孩子们都会准时接到父亲的电话。

那个星期四，在开车回家的路上，檀咪接到了阿丹斯的电话。她把手机递给了儿子特杜斯。小男孩儿刚刚说完拜拜，电话又响了。由于够不到特杜斯手上的手机，她解开了安全带。当她靠近儿子的手时，卡车失控了。

"我开进了路旁的沟里，车子弹起了两次，"檀咪回忆道，"幸运的是，孩子们都在后面的车座上。我被甩出车窗，立刻就不省人事了。"

这个夜晚乌云满天，没有月亮，也没有繁星。阿丹斯的孩子们的生活就在这几秒钟被改变了。妈妈不见了。他们待在一条死寂的马路上的一辆卡车里，风从破了的车窗吹了进来，几乎能把人冻死。他们看不到自己的妈妈，也听不到她的声音——她在离车几米远的地方失去了知觉。特杜斯一下子变成了这个家的家长。

"我们动了动，但是被安全带绑着。"特杜斯回忆说，"我解开安全带的扣子。我有一些害怕，但是看到惊慌的妹妹们，我又不是特别害怕了。"

特杜斯小心地拉过毯子，盖在两个小妹妹身上，并告诉她们他现在得出去求救。他从破了的车窗爬出去找妈妈。可是外面一团漆黑，他什么也看不见。而在离公路几里远的地方，他看到了牛奶场的灯光。

"特杜斯其实很怕黑，"檀咪讲起了自己的儿子，"每天晚上睡觉的时候，他总是让卧室亮着灯。我很惊讶他会勇敢地爬出卡车。"

"天冷极了。"特杜斯说。那天的天气报道说结了冰，但是他仍然爬了出去，穿着小睡衣和小袜子。

"他穿过三重篱笆，包括一通电网，"他的妈妈说，"他被划破了耳朵和脸蛋儿。"

大约5分钟后，特杜斯到达了牛奶场。他在一所房子面前停了下来，那是一所移民工人的房子。他们立刻意识到这个小男孩儿有苦衷。但是他们都不会说英语，无法和他交流。其中一个人立刻跑去找来了翻译。

那个工人很快带来了一个既会说英语，又会说西班牙语的邻居。那个人马上拨打911，并带着特杜斯回到了事故现场。

彼得是第一个赶来的警察。"特杜斯太令人吃惊了，"他说，"在这么一场事故之后，他还能准确地告诉我他妹妹们的生日，和两个亲戚的电话号码。我知道他被吓坏了，因为他走到农场对大人们讲话的时候声音都是颤抖的。但这个孩子真是难以置信，他给了我所有需要的信息。"

救援人员听到了沟里传来的呻吟声，檀咪躺在离卡车几英尺远的地方。当救援人员找到她的时候，她苏醒了一会儿，就又昏迷了过去。救护车迅速把檀咪送到了医院，医生说如果再晚来一刻钟的话，檀咪就可能由于失血过多没命了。檀咪一直昏迷了3天，当她苏醒过来后，全美国的电视和报纸都对特杜斯在那样危急的关头救了全家的事迹进行了报道。

在医院躺了一个月后，檀咪逐渐恢复了健康。美国著名脱口秀节目把檀咪一家邀请了过去，在节目上特别采访了7岁的小男孩儿特杜斯，女主持人奥普拉·温弗莉问特杜斯："听你妈妈说，平时你是很怕黑的，天气那么冷，妈妈不见了，是什么力量让你跑了几英里的路去找援兵的？难道你不怕吗？"小特杜斯脸红红的，略带羞涩地说："是的，我当时很害怕，可是我必须做英雄。妈妈不见了，我就应该是两个妹妹的英雄，我必须救她们，救我们的妈妈。我希望我们一家人能永远快快乐乐地生活在一起……"特杜斯的话一说完，节目现场就响起热烈的掌声，主持人奥普拉也颇为激动地说："是的，当我们面对危险的时候，我们都应该成为自己的英雄，其实每个人都是自己的英雄，这是我们的小英雄特杜斯告诉我们的。"

心灵 寄语

当面对危险时，一个平时怕黑的小男孩儿能做出出乎寻常的举动，拯救了一家人。在普通人眼里都难以置信，是什么力量支撑着这个小男孩儿？那是爱，那是心中的一份承担。小男孩儿一下子变得高大起来，做出了英雄之举。

穷人的自尊

人不分贵贱，穷人也有自尊。因为穷而鄙视他的东西，这会给他的记忆带来灰暗的一面，给他的心灵造成伤害，这不是一个高尚的人该做的。人人平等，在尊重他人的同时，你的心灵也得到净化。

穷人的自尊

苁 蓉

丈夫在一所重点中学教书，我们便住在这所学校里。这天，一个女学生来敲门，跟在她身后的是一位中年人，从眉目看，他显然是女学生的父亲。

进屋，父女俩拘谨地坐下。他们没有什么事，只说"顺便来瞅瞅老师"。女学生的父亲是特地来看女儿的，他骑自行车骑了八十多里路。父亲说："农村没什么鲜货，只拿了十几个新下的鸡蛋。"说着，从肩上挎的布兜里颤颤巍巍地往外掏，布兜里装了很多糠，裹着十几个鸡蛋。

我提议中午一起包饺子吃，父女俩一脸惶恐，死活不肯，被我用老师的威严才"震慑"住。吃饺子时，他们依然拘束，但很高兴。送走女学生和她父亲，丈夫一脸诧异，惊奇我从来都把送礼者拒之门外，为何因十几个鸡蛋折腰，还破例留那父女俩吃饺子？望着丈夫不解的眼神，我微微一笑，讲述了20年前自己曾经历的一件事。

我10岁那年的夏天，父亲要给外地的叔叔打个电话。天黑了，我跟在父亲身后，深一脚浅一脚地去10里以外的小镇邮电局。我肩上的布兜里装着刚从自家梨树上摘下的7个大绵梨，这棵梨树长了3年，今年第一次结了7个果。小妹每天浇水，盼着梨长大，今晚梨全被父亲摘下来了，小妹急得直跺脚。父亲大吼："拿它去办事呢！"

邮局已经下班了，管电话的是我家的一位远房亲戚，父亲让我喊他姨爹。进屋时，他们正在吃饭，父亲说明来意后，姨爹嗯了一声，没动。我和父亲站在靠门边的地方，破旧的衣服在灯光下分外寒酸。一直等姨爹吃完饭，剔完牙，伸伸懒腰才说："号码给我，在这儿等着，我去看看能打得通不。"5分钟之后，姨爹回来了，说："打通了，也讲明白了，电话费9毛5分。"父亲赶紧从裤兜里掏钱，又让我拿绵梨。不料，姨爹一只手一摆，大声说："不要！家里多的是，你们去猪圈瞧瞧，猪都吃不完！"

回来的路上，我跟在父亲身后，抱着布兜哭了一路。仅仅因为我们贫穷，血缘和亲情也淡了；仅仅因为贫穷，我们在别人眼里好像就没有一点儿自尊。

在以后的成长过程中，姨爹摆手的动作一直深深藏在我心里，它像一根软鞭，时时鞭打着我的心灵。我不会做姨爹那样的手势，给一个女孩子的记忆抹上灰色的印痕。我相信，我今天的饺子将给女学生留下抹不去的记忆，因为爱心的力量总比伤害的力量大得多。

心灵 寄语

人不分贵贱，穷人也有自尊。因为穷而鄙视他的东西，这会给他的记忆带来灰暗的一面，给他的心灵造成伤害，这不是一个高尚的人该做的。人人平等，在尊重他人的同时，你的心灵也得到净化。

觉醒的慈悲心

秋 旋

布迪兹是西班牙的一位富翁，1986年被摩洛哥王室授予"哈桑国王勋章"，因为他曾连续十年捐款给他的故乡居民——摩洛哥北部的索里曼人，以解决他们的生计问题。

对这样一项来自家乡的至高无上的荣誉，据说布迪兹没有接受，其原因一直众说纷纭。有的说，他对王室不满；有的说，他认为自己不配接受那枚勋章。直到前不久，摩洛哥《先知报》的一位记者去采访布迪兹，人们才从布迪兹口中得知真正的原因。他是这么说的：

"有一次，我回索里曼，住在地中海金兰湾的一栋别墅里。晚上，我到海滨散步，一不小心踏进了沙滩上的水洼里。伴随着溅起的水花，一群小海蟹纷纷窜动起来。它们或爬入石缝中，或钻进沙子里。我随手抓了一只。回到住地，当地人告诉我，这种蟹叫寄居蟹，大多生活在岸边的浅水里，但是，如果它们能爬进大海，也会长得如盘子那么大。"我非常不解，问："它们为什么不爬进大海里？"当地人摇了摇头。

后来我才知道，这种蟹有一种安贫乐道的习性，它们之所以寄居在远离大海的浅水洼里，是因为每次涨潮都能给它们带来点儿可怜的食物。只要有定期的潮水，它们都会赖得不返回大海。由于浅水洼的食物时断时续，它们的生活总是处于饥一顿饱一顿的状态，因此这种蟹很难长大。但是一遇到枯水期或一连几个星期潮水涨不到它们寄居的水洼，它们也会不辞劳苦地爬向大海，最终长成一只盘子大小的螃蟹。

这种蟹对我触动很大，于是我决定不再去救济我故乡的索里曼人。就在我作出决定的时候，恰好接到要授予我勋章的王室来函。大家都知道，最后我没有接受。

1997年10月17日，是国际消除贫困日，摩洛哥《先知报》全文刊登了对布迪兹的采访。一场误会消除了，但一个引人思索的话题却产生了——救济是不是真的能帮助穷人？最后的结论是：对穷人施以经常性的物质救济，只能使他们陷入永久的贫穷。

心灵 寄语

"授之以鱼，不如授之以渔。"因为鱼只能解决一时之困，而学会捕鱼则是安身立命的技艺。同样的道理，对贫困人群的经常性物质帮助如同杯水车薪，很难改变他们贫穷的现状，不如在提供帮助的同时，给他们指出脱离贫困的道路，这才是长久之计。

做事就要做出个样子

诗 槐

张枫霞曾讲过这样一个故事，故事里的王木匠是她的外公。

一提起疙瘩村的王木匠，没有谁不竖大拇指的，他的手艺远近闻名。

王木匠的手艺是祖传的。谁家里有儿女到了谈婚论嫁的年龄，就早早买好木料排在他的院里，怕到时候轮不上给新人做家具；村里聪明伶俐的男孩儿，都设法接近他，希望能跟着他学个一技之长，其实这是枉然。王木匠有四个儿子，他早就想从他的四个儿子中选一个接班人，使他的祖传手艺继续传下去。

王木匠的四个儿子中，数老四最聪明，也数老四文化最高——他是县中毕业的。

但是，老四就是不愿做木匠，他说一听到锯子与木头的摩擦声，浑身就起鸡皮疙瘩，让他做木匠，还不如杀了他。那年暑假，老四和王木匠大吵一架之后，背着行李卷就去了深圳，气得王木匠三天没吃好饭。

老四一走就是三年，三年里只写过三封家信。第一封信是第一年春节写的，他说深圳到处都是机会，只要运气好，干一年顶做木匠十年。王木匠一句话也没说，把饭碗一搁，带着孙子买炮仗去了。

第二封信是第二年春节写来的，他说那边机会虽多，但没有一个是留给乡下人的，他依然替人打工，比做木匠辛苦多了。王木匠还是一句话没说，就着老婆炒的小菜和另外三个儿子喝得一塌糊涂。

第三封信当然是第三个春节写来的，王木匠看完信后只说了一句话："打电话叫老四回来。"

十天后，老四真的回来了，他是瘸着一条腿回来的。

老四回来后，王木匠既不问他外边的事，也不指使他干活儿，所以老四就天天吃了睡，睡了吃。再懒的人也搁不住没事干，何况老四根本就不懒。一段日子之后，他就主动往王木匠跟前凑，进而四下找零活儿做。王木匠说："你在这儿碍手碍脚，倒不如去把院子里那堆废料卖掉。"老四高高兴兴地装了一拖拉机，拉到集市上卖了100元钱。几天之后，王木匠又让他去把做好的几件柜子卖掉，这次老四卖了1000元钱。又过了几天，王木匠又让他去卖一组屏风，这次老四卖了1万元。老四给王木匠钱时，有一种抑制不住的兴奋。王木匠说："同样是一堆木头，当劈柴，它值100元；做成柜子，它值1000元；再做成屏风，它就值1万元。最值钱的是什么，是手艺。"

王木匠说这些话时，一直没有停下手中的活计，甚至连眼皮也没抬。而老四却一下子明白了，并开始踏踏实实地跟王木匠学起了木匠手艺。

后来，人们都知道疙瘩村有个瘸子木匠，木匠的手艺是祖传的，远近闻名。

心灵 寄语

不考虑自己的实际情况，只想走捷径达到目的，最终会付出血一样的代价。工作没有贵贱，只有脚踏实地，真正学到本领，才能开辟属于自己的一片天地。

从咖啡馆跑堂到奥运会冠军

千　萍

　　他出生在一个贫寒的家庭，一日三餐都难以保证，连鞋子也没得穿，经常光着脚踢足球，他最爱好的是长跑。

　　十一岁时，他辍学了，迫于生活的压力，就去咖啡馆当了跑堂。他每天都要工作到深夜，但还是坚持练习长跑。为了能进行锻炼，他每天早上五点钟就起来，以致他的脚跟都脓肿发炎了。

　　为了生活，他报名参加了法国田径冠军赛。他先是参加了一万米冠军赛，只得了第三名。后来，他决定再参加五千米比赛，这次他取得了第二名。很幸运，他被"伯乐"选中并被带进了伦敦奥林匹克运动会。在当时，他还不知道什么是奥林匹克运动会，当看到奥运会是如此宏伟壮观时，他异常惊讶。他虽然是法国人并代表法国队参赛，但没有人认为他是一名法国选手，没有一个人看得起他。比赛前，他想请专为运动员做按摩的按摩师给自己按摩，但遭到了按摩师的拒绝。按摩师看不起这名从咖啡馆里走出来的小跑堂。

　　那天下午，他参加了一万米决赛。在糟糕的天气里，同伴们一个接一个地落在他的后面。他成了第四名，随后是第三名。很快，他发现，只有捷克著名的长跑运动员扎托倍克一个人跑在他前面，他奋力冲刺，终于得了第二名。就这样，他为法国，也为自己争得了第一枚奥运会一万米比赛银牌。获奖后，人们并没有看得起他，而是把他的成功归因于糟糕的天气导致其他选手失利。这使他感到异常难受。

令他感到欣慰的是，在伦敦奥运会四年以后，他又被选中代表法国去赫尔辛基参加第十五届奥运会。在那里，他打破了一万米比赛法国纪录，并在被称之为"本世纪五千米决赛"的比赛中，再一次为法国赢得了一枚银牌。随后，在墨尔本奥运会上，他参加了马拉松比赛。以一分四十秒跑完了最后四百米，终于成了奥运会冠军！从此，他再也不用去咖啡馆当跑堂了。

这位历经辛酸从社会最底层拼搏出来的法国著名长跑运动员、法国一万米长跑纪录创造者、第十四届伦敦奥运会一万米比赛亚军、第十五届赫尔辛基奥运会五千米比赛亚军、第十六届墨尔本奥运会马拉松赛冠军就是大名鼎鼎的阿兰·米穆。

心灵 寄语

英雄不问出身，只要自己能看得起自己，那么就没有人可以看不起你。阿兰·米穆的成功告诉我们，回敬那些鄙视的目光和语言的最好办法绝不是缩起头躲起来，而是要奋发拼搏，用成功来证明自己。

儿子的肖像画

雨 蝶

　　这天，父亲收到了一封信。信上说："我们遗憾地通知您，您的儿子在战斗中失踪了。"看到这句话，父亲的心都碎了。他对儿子的爱非常深，此时他真切地感受到了儿子对他是多么的重要。

　　几个星期之后，父亲收到了另一封信。这封信将父亲的心一下子撕成了两半。信上说："我们满怀悲伤地告诉您，您的儿子牺牲了。"父亲痛苦得几乎不能读完信。

　　"您的儿子本已安全地返回了阵地。可是他看见战场上有许多受伤的战友，于是他又冲进战场，一个又一个地把战友们背回到安全地带。当他背着最后一个战友返回阵地时，一颗子弹击中了他，夺去了他的生命……"

　　一个月过去了，圣诞节到了。悲伤的父亲甚至连起床的兴致都没有。他完全无法想象，没有儿子的圣诞节该怎么过。就在这时，门铃响了。他迈着蹒跚的步履走下楼，打开房门，只见一个年轻人站在门前，怀里抱着一个包裹。

　　年轻人说："先生，您不认识我。我就是那个受伤的士兵。您的儿子就是在救我的时候牺牲的。"

　　他顿了顿，又说："我不是一个富人。我没有什么值钱的东西可以用来报答您儿子的救命之恩，您的儿子曾说起过您对艺术的热爱，所以，虽然我算不上是一位画家，但是我仍然画了一幅您儿子的肖像画，希望您能够收下。"

　　父亲接过包裹，回到屋里。他小心翼翼地拆开包裹，儿子熟悉的笑容浮现在眼前。父亲的眼睛模糊了，他浮想联翩。他把画像紧紧地贴在胸前，一步一步地迈进美术收藏室，然后，取下悬挂在壁炉上方的伦勃朗画像，把儿子的肖像画挂了上去。

　　转过身来，父亲已是泪流满面。他告诉年轻人："这是我最值钱的收藏品。对我而言，这比我所有的其他收藏品都更有价值。"

　　父亲与年轻人一起吃了一顿饭，共同度过了圣诞节。几年以后，父亲病重去世。他的死讯很快传扬开来。人们都知道他一生收藏极丰，过世后必定会有盛大的收藏品拍卖会。

　　最后，拍卖会宣布将在圣诞节举行。全世界的博物馆馆长和私人收藏家们蜂拥而至。

　　人人都急切地盼望着能够买到拍卖的珍品。

　　房子里挤满了求购的人们。拍卖人终于站了起来，说道："感谢各位前来参加拍卖会。今天拍卖的第一件作品是我身后的这幅肖像画。"

　　人群后面有人喊道："那不过是那老头儿的儿子的画像而已，为什么不干脆跳过它，开始拍卖那些真正的珍品呢？"

　　拍卖人解释说："我们得首先卖掉这幅画像，然后才能继续。"

　　拍卖人问道："有人愿意出一百美元开始竞买吗？"台下鸦雀无声。于是他又问道："有人愿意出价五十美元吗？"仍然无人响应。于是他又问道："有人愿意出价四十美元吗？"还是没有人想买这幅画。拍卖人非常尴尬："没有人想买这幅画吗？"

　　一个上了年纪的男人站了起来，问道："十美元您会卖吗?您看，我只有十美元。我是他家的邻居，我认识这个男孩儿，我看着他长大，非常喜欢他，我愿意买下这幅画像，所以，十美元您肯卖吗?"

　　拍卖人叫价道："十美元第一次，十美元第二次，成交！"人群中爆发出阵阵欢呼。人们都叹了一口气："哦，天哪，现在我们总算可以购买真正的珍品了。"

　　拍卖人随即说道："感谢各位前来参加拍卖会。我们非常感谢今天各位的到来，拍卖会到此结束。"

　　人们变得非常愤怒，说道："你说拍卖会结束了，这是什么意思?其他的那些艺术品你根本没有开始拍卖呀！"

　　拍卖人解释道："对不起，各位，拍卖会已经结束了，根据那个父亲的遗嘱：谁买了他儿子的画像，谁就得到了所有的收藏品！"

心灵 寄语

　　在父亲的眼里，儿子永远是最珍贵的，儿子的肖像画比任何一件收藏品都珍贵百倍，因为这里面饱含了父亲浓浓的爱。这份爱不管生死离别，无论天上人间，都永远存在。

退一步的蜂鸟

晓 雪

在茫茫的亚马孙热带丛林中，生活着一种能倒着飞翔的鸟，它的名字叫蜂鸟。

相传，这种鸟以前并不是倒着飞的，而是和其他鸟一样往前飞。

虽然蜂鸟的体形很小，但它的家庭非常兴旺，如果全体出动，那将是一个庞大的阵容。它们扇动着翅膀，可以遮云蔽日，让大片的森林笼罩在它们的阴影之下。

蜂鸟的家族还有一个规矩，那就是只准向前飞不准退后，如果有胆小的蜂鸟临阵退缩，就会遭到其他蜂鸟的围攻，最终被自己的同类啄死。

那时，蜂鸟并不像如今的蜂鸟只吃花蜜和小昆虫，只要是它们想吃的东西，它们就一定能吃到。整个热带丛林，没有哪种动物没有遭到过蜂鸟的攻击，并且也没有哪种动物不害怕蜂鸟，蜂鸟已经成了亚马孙之王。

一个偶然的事件，改变了蜂鸟雄霸亚马孙的局面。

那是一次森林大火，由于蜂鸟天生敢于搏斗不怕牺牲，尤其是容不得比它们更厉害的东西存在，所以它们看见烈火熊熊地在丛林中飞舞，大片地占据了它们的领地，它们愤怒了。在蜂鸟王的指挥下，蜂鸟们一群群地向烈火扑去。

结果，蜂鸟一群群地死在了烈火中。

但蜂鸟们不能退缩，依然再次冲锋，结果死伤惨重。眼看蜂鸟家族就要全军覆灭，这时蜂鸟群中有一只蜂鸟动摇了，它试图往后退。

蜂鸟王一眼就看见了那只临阵退缩的蜂鸟，当它狂怒地指挥其他蜂鸟向那只临阵退缩的蜂鸟扑去时，其他蜂鸟并没有像往常那样冲向那个背叛者。

令蜂鸟王不解的是，还有一部分蜂鸟也跟着那只蜂鸟一起向后飞去。

蜂鸟王和更多的蜂鸟成了那次大火的牺牲品，而那一小部分蜂鸟则活了下来，并延续了蜂鸟的种族。后来的蜂鸟便能倒着飞翔，并且不再动辄攻击其他小动物，它们变得性情温和，只吃花蜜和小昆虫。

如今，尽管蜂鸟弱小，但在那片丛林中也有它们的一处生存空间，它们与整个丛林的生灵同在。

如果当初没有那只肯退一步的蜂鸟，蜂鸟的种族就不可能得以延续。

很多时候，人们都会陷入一种盲目的追求中而不知省悟，如果人人都懂得"退一步海阔天空"的道理，那么人生还有什么坎儿过不去呢？

心灵 寄语

有时候一味盲目地追求，带来的后果是不堪设想的，这种执着是不可取的。多亏了这只蜂鸟的后退，才避开了整个蜂鸟家族灭绝的惨重代价。退一步海阔天空。

善意的小花招儿

忆 莲

比尔10岁那年，妈妈死了；接着，爸爸也死了，留下了7个孤儿——5个男孩儿，2个女孩儿。一个穷亲戚收留了比尔，其他几个则进了孤儿院。

比尔靠卖报养活自己。那年月，报童像菜园里的蚂蚁那么多，瘦小个子的更不容易争到地盘。比尔常常是拳头挨够，苦头吃尽。从炎热的夏日到冰封的隆冬，比尔都在人行道上叫卖。世态的炎凉，让比尔小小年纪，就已学会了愤世嫉俗。

一个暮春的下午，一辆电车拐过街角停下，比尔迎上去透过车窗卖了几份报。车正要启动的时候，一个胖男子站在车尾踏板上说：

"卖报的，两份！"

比尔迎上前去递上两份报。车开动了，那胖男子举起一角硬币只管哄笑。比尔追着说：

"先生，给钱。"

"你跳上踏板，我便给你一毛。"他哈哈笑着，把那个硬币在两个掌心里搓着。车子越来越快。

比尔把一袋报纸从腋下转到肩上，纵身一跃想跨上踏板，却脚下一滑仰天摔倒。他正要爬起，后边一辆马车"吱"的一声擦着他停下。

车上一个拿着一束玫瑰花的妇人，眼里噙着泪花，冲着电车骂粗话："这该死的灭绝人性的东西，宰了他！"然后又俯身对比尔说："孩子，我都看见了。你在这儿等着，我就回来。"随即对马车夫说："马克，追上去，宰了他！"

比尔爬起来，擦干眼泪，认出拿玫瑰的妇人就是电影海报上画着的大明星梅欧文小姐。

十来分钟后，马车转回来了，女明星招呼比尔上了车，对马车夫说："马克，给他讲讲你都干了些什么。"

"我一把揪住了那家伙，"马克咬牙说，"左右开弓把他两眼揍了个乌青，又往他太阳穴上补了一拳，报钱也追回来了。"说着，把一枚硬币放在比尔的手中。

"孩子，你听我说，"梅欧文对比尔说，"你不要碰到这种坏蛋就把人都看坏了。世上坏蛋是不少，但大多数都是好人——像你，像我，我们都是好人，是不是？"

好多年后，比尔再一次品味马克痛快的描述时，猛然怀疑起来：只那么一会儿，来得及追着那家伙，还痛痛快快地揍一顿吗？

不错，马车甚至连电车的影子也没追着，它在前面街角拐个弯儿，掉过头，便又径直向孩子赶来，向一颗受了伤充满恨的心赶来。而马克那想象丰富的虚假描述，倒也真不失为一剂安慰弱小心灵的良药，让小比尔觉得人间还有正义、还有爱。

心灵 寄语

肉体上的创伤也许能很快治愈，但心灵上的创伤却是很难治愈的。一个善意的小花招，成功地拯救了一颗受了伤、充满恨的幼小心灵。这说明人间还有爱、还有正义，我们的心灵得到净化，生活还是充满希望的。

凡事替他人想想

采 青

　　雪后的一个冬日。刘先生和女友一起去美国新泽西的超市。这是情人节的前夕，他们彼此都想买点东西送给对方。

　　他们穿梭于排排货架之间，在一只小白熊前他们停住了。对情人节来说，这可是个难得的好礼物。小熊洁白的皮毛不正象征着爱情的纯洁与永恒吗？顽皮逗人的神情又意味着爱情的欢欣和快乐。刘先生选中它作为送给女友的礼物。

　　付款时，他从口袋里掏出一大把硬币，点过后，开始整理着。

　　"嗨，理它干什么，一把付给她就是了。"女友说。

　　"给人以方便嘛。"他半开着玩笑。

　　"哼。"她不以为然。

　　屋外，一个银色的世界。厚厚的积雪掩去了暴露于世的污垢，留得一片洁净，像是进入了天国。

　　他们走在积雪上，吱吱声响由脚下泛起，热烈而欢快，伴随着他行进的步伐。

　　刚才的那一幕却还萦绕在刘先生的心头。这使他想起一件旧事……

5岁那年，妈妈开始教他学中文。汉字的读和认并不难，没过多久他就能读认好多汉字了。

但是他怎么也没能掌握写好它的技巧。他写的字不是上下脱节就是左右分家，很难合到一块儿去。一天，妈妈让他抄一首唐诗，他把"相"写成了"木目"，"难"写成了"又佳"。所有的部首都互不相让，各自为政。

"你知道为什么会这样吗？因为你写字时从不想着其他的部分。写汉字的原则是：要时时想着它的邻居。就像写这个'相'字吧，你写'木'字时就不能把右脚伸得太长，因为它还有个邻居。"妈妈一边在纸上写字，一边讲着这样的道理，"'凡事替他人想'这是我们中华民族的美德，写汉字也是同样的道理。"

他学会了写汉字，更学会了如何去做个真正的中国人。

刘先生把这个故事告诉了女友。

女友手里摆弄着那只小白熊，心不在焉地听着。

故事说完了，他们陷入一阵沉默。忽然她停下脚步，无限深情地望着他，双手慢慢举起那只小白熊贴到他脸上。

"谢谢你，"她柔声说道，"这是我所得到的最好的情人节礼物。"

心灵 寄语

买东西付钱是一件再简单不过的事，但要考虑人家是否方便是不容易的。当很多事考虑到别人的时候也许我们就会做得更好。懂得替他人着想，这是对自己人格的保证。

记住别人的名字

向　晴

有一次，领导要我去拜访一位编辑，那是我们第一次见面。在这之前，我不认识他。在办完正事之后，大家在一起聊天。

聊天时，当我们说到某一部文学作品时，他发表了一些不平凡的见解。

但我似乎在哪里看见过这些观点。我在头脑中搜寻，终于找到了：是在某一期《读书》杂志上。

我回忆一下作者的名字，似乎与眼前这位编辑的名字相似，我试探地问："我以前在《读书》杂志上看过一篇文章，讲的就是这个，您是……"他很惊讶地看了看我，点了点头，承认他就是那篇文章的作者。

然后，他对我的态度就更加热情了，满足了我许多原先没有打算提出的要求。

我的话实际上是对他的赞美。

如果我认识他，看杂志时看见由他署名的文章，记住了，在交谈的时候提及，这是赞美。

但这种赞美有人情的成分。我完全不认识他，只是因为文章见解精妙，记住了文章，当他提及那些见解的时候，我提起那篇文章，说明我非常赞赏那篇文章。

一个人的名字，是他最珍视的。我们知道，在西方，许多人创办企业，就以自己的姓名作为企业的字号。

我们知道，安德鲁·卡内基是美国19世纪的铁路大王，他拥有中央交通公司。

那个时候，能与他抗衡的只有普尔门公司。两家为了联合太平洋铁路公司的卧车生意，争夺达到了白热化的程度。双方互不相让，轮番降价，使得这一项生意根本就没有利润可言。

有一回，卡内基与普尔门都去拜访联合太平洋公司的总部。他们在一家饭店里碰面了。

卡内基说："普尔门先生，我们不要再争下去了，这只会两败俱伤。"

"那又怎样？"普尔门说。

"我有一个计划，把我们两家公司合并起来。"卡内基接着把合并的好处吹得天花乱坠。普尔门听着，不置可否。最后，他问："新的公司叫什么名字呀？"

"当然叫普尔门皇宫卧车公司。"卡内基毫不犹豫地说。

普尔门听到这里，心里不由得一愣，他感觉到一股从未有的喜悦。于是他们就合资成立了这家公司。可见，在交往中，记住别人的名字是多么的重要。

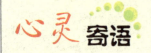

名字可以代表一个人的身份，我们在无意间记住一个人的名字，就表示我们对他的认可，如果他知道不认识的人也记得他的名字，他会很开心，这小小的举动表示他的事迹被人关注，他会更加努力地去做好他的事。

请把脚步放轻些

慕 菡

在北大百年校庆的时候，从世界各地来了许多在各自领域里卓有建树的北大校友。有一天中午，他们中的一部分人相约一起去看望他们的师长、著名的"北大三老"——季羡林先生、张中行先生、金克木先生。三老的住所地处北大一隅，距离大家的聚会地有一段路程。开始的时候，大家还是有说有笑的，要去看多年未见的师长了，师长们还健朗吗？但当接近师长们的住所时，所有这些已蜚声中外的学者，都不由自主地放轻了脚步，停止了谈笑。他们相互交换着眼神：师长们是否正在午睡？我们不要惊扰了师长的睡眠啊。他们选派了一个人先去敲门，探听消息，其余的校友们都在较远的地方静静地等待着。去的人回来了，师长们知道学生们要来，正等着呢。校友们立刻孩子般的蜂拥到师长们的住所里，师长们的家里立刻像当年他们在校求学时一样热闹起来了……

在距莫斯科不远的图拉附近，有一座名叫亚斯纳亚的庄园。在庄园里一条不起眼儿的土路旁边，有一个稍稍隆出地面的小丘。这个小丘周围除了茂密的参天大树，没有其他任何明显的标志，只有不远的地方插着一块很普通的小木牌。小木牌上刻着两行字：请把脚步放轻些，不要惊扰正在长眠的托尔斯泰！

就是这样一个极普通的小木牌，就是这样一个普通得不能再普通的小土丘，每天都吸引着全世界难以计数的人来到这里。他们静静地站在土丘前，献上一束鲜花，表达自己由衷的崇敬。所有来这里的人，都轻轻地从小土丘前走过，仿佛担心真的惊醒了沉睡中的托尔斯泰。

黑格尔同样是世界文化领域中顶天立地的人物，但他的墓地同样普通。在德国柏林的一座极不显眼的公墓里，在杂乱拥挤的一个个坟墓中间，静静地躺着伟大的黑格尔和他的夫人。他的坟墓是十八号，只是众多坟墓中的普通一个，与周围那些不计其数的普通平民的坟墓没有任何区别。每天来拜祭黑格尔的人很多，大家都费了很多周折才找到他的坟墓，但当站在这个普通的墓前时，每一个人的精神和灵魂又都经历了一次洗礼和升华。

对于一个伟大的灵魂来说，树碑立传等用以传扬后世的方式都是多余的。不论存在的形式多么普通和简易，都丝毫无损于他的伟大。

心灵寄语

不需要任何介绍，只是名字就足以让人们肃然起敬；不需要任何约束，人们自然会把脚步放轻。放轻脚步，尊敬的不仅是一个逝去的伟人，更多的是在尊敬代表人类文明与进步的知识和文化。

人格的缺陷

宛 彤

在他8岁那年，意外地遭遇了一场爆炸事故，致使他双腿严重受伤，而且腿上没有一块完整的肌肤。医生曾断言他此生再也无法行走。然而，他并没有哭泣，而是大声宣誓："我一定要站起来！"

他在床上躺了两个月之后，便尝试着下床了。他总是背着父母，拄着父亲为他做的那两根小拐杖在房间里挪动。钻心的疼痛把他一次次击倒，他跌得遍体鳞伤，但毫不在乎，因为他坚信自己一定可以重新站起来，重新走路、奔跑。几个月后，他的两条伤腿可以慢慢屈伸了。他在心底默默为自己欢呼："我站起来了！我站起来了！"

他又想起了离家2英里的一个湖泊。他喜欢那儿的蓝天碧水和那儿的小伙伴。他一心想去湖泊，于是，他更加顽强地锻炼着自己。两年后，他凭借自己的坚忍和毅力，走到了湖边。从此，他又开始练习跑步，他把农场上的牛马作为追逐对象，数年如一日，寒暑不放弃。后来，他的双腿就这样奇迹般地强壮了起来。再后来，他通过不断的挑战，成了美国历史上有名的长跑运动员。

他就是美国体育运动史上伟大的长跑选手——格连·康宁罕。

在我们身边也有一些普通的人，他们虽然不像格连·康宁罕那样有名，但一样用辛酸的汗水与泪水谱写着自己精彩的一生。

还有这样一个故事：她从娘胎里出来就无手无脚，手脚的末端只是圆秃秃的肉球。8岁时，有了思想的她就想到了死。但可悲的是，她无法找到死的方法：用头撞墙，因为没有四肢支撑，在碰得几个血泡、摔得一脸模糊后还是安然活着；绝食，又遭到母亲怒骂："8年，我千辛万苦拉扯你8年了……"看着母亲辛酸的眼泪，她毅然决定要像常人一样活下去！

她开始训练拿筷子。她先用一只手臂放在桌边，再用另一只手臂从桌面上将筷子滑过去，然后，两个肉球合在一起。她从用一根筷子开始，再到用两根筷子，日复一日，血痕复血痕，9岁那年，她终于吃到了自己用筷子夹起的第一口饭。

学会拿筷子后，她又开始学走路。她将腿直立于地面，努力保持身体的平衡，和地面接触的部位从血痕到血泡，从血泡到厚茧，摔倒爬起，爬起摔倒，血水夹汗水，汗水夹泪水。10岁那年，她终于学会了走路。

也就在这年，她有了读书的念头。在父母及老师的帮助下，她成了村上小学的一名编外生。于是，她用胶皮缠在腿上，不论寒暑和风雨，总是早早到校。她用手臂的末端夹笔写字，付出比常人多数十倍的努力，从小学到初中，再到自学财务大专。

1988年，云南省的一家工厂破格录用她为会计。后来，她为了报父母的养育之恩，返回父母身边。回家后，她自谋出路，贩卖水果。再后来，她不仅成了远近闻名的孝女，而且"贩回"一个高大健康的丈夫，膝下有一对活泼可爱的儿女，一家人温馨、甜蜜，其乐融融。

心灵 寄语

世界上有一部分人生活在不幸当中，他们的身体虽有缺陷却要顽强地生活下去。生活并没有打倒他们，他们身残志坚，创造了一个个常人无法想象的奇迹。这是一种残缺的美。

劣　势

冷　薇

　　一位神父要找3个小男孩儿，帮助自己完成主教分配的1000本《圣经》销售任务。

　　神父觉得自己只能完成300本的销售量，于是他决定找几个能干的小男孩儿卖掉剩下的700本《圣经》。神父对于"能干"是这样理解的：口齿伶俐，小男孩儿必须言辞美妙，让人们欣喜地做出购买《圣经》的决定。

　　于是按照这样的标准，神父找到了两个小男孩儿，这两个男孩儿都认为自己可以轻松卖掉300本《圣经》。可即使这样，还有100本没有着落，为了完成主教分配的任务，神父降低了标准，于是第三个小男孩儿找到了，给他的任务是尽量卖掉100本《圣经》，因为第三个男孩儿口吃很厉害。

　　5天过去了，那两个小男孩儿回来了，并且告诉神父，情况很糟糕，他们总共只卖了200本。神父觉得不可思议，为什么两个人只卖掉了200本《圣经》呢？正在发愁的时候，那个口吃的小男孩儿也回来了，他没有剩下一本《圣经》，而且带来了一个令神父激动不已的消息，他的一个顾客愿意买他剩下的所有《圣经》。这意味着神父将卖掉超过1000本《圣经》，神父将更受主教青睐。

神父彻底迷惑了。被自己看好的两个小男孩儿让自己失望，而当初根本不当回事的口吃男孩儿却成了自己的福星，神父决定问问他。

神父问小男孩儿："你讲话都结结巴巴的，怎么会这么顺利地就卖掉我所有的《圣经》呢？"

小男孩儿答道："我……跟……见到的……所有……人……说，如……果不……买，我就……念《圣经》给他们……听。"

心灵寄语

有时候劣势也有可能变成你的优势，只要你能懂得合理有效地利用你的劣势。世界上没有绝对的事情，只有相对的，运用我们的智慧，尽可能做到最好。

衣袖上的疤

太在意别人的看法，很多时候你就会活得很累、很约束；时时注意别人的看法，你会失去自己真正的魅力，也无法专心工作。其实别人不会注意你那些细微的地方，所以你不必太过在乎别人的看法。

背 叛

宋佳咛

听过这样一个故事。在南极探险的途中，森和队伍走散了，伴随他的只有那少得可怜的行囊和一条属于他的狗。他们在雪地里走了两天两夜，只有极少的干粮，渴了就吃两口雪，恶劣的环境使他们筋疲力尽。他们艰难地跋涉，不停地用雪擦拭冻僵的皮肤。他们不知要走向哪里，只希望能看到人迹，或者被他们的队伍发现。但行囊里所剩无几的食物让森意识到，也许他们坚持不到救援的到来。因为威胁除了来自体力不支外，还有来自身边这只同样忍受着饥饿的雪橇犬。这两天他早已感到它的急躁不安，还有夜间那双直盯着他的碧绿的眸子。

终于，所有的干粮已经吃完，所有能够找到的食物都没有了，森感觉他如果再吃雪就会从里到外冻成冰。这时候，他的犬突然向前跑去，在正对着他两米左右的地方转身站住，摆出像狼一般威胁的姿势。平日忠实的眼神此刻已经被贪婪所吞没；往常亲昵的低吟这时已变成野兽般的咆哮。森知道，他和这只西伯利亚雪橇犬的争斗终于来了。森从包里抽出一把备用的砍刀。霎时间，人和犬之间微妙的关系变得异常的尴尬。两个都一动不动，也许谁都不愿先打破这个僵局，也许谁都在等待着最佳时机以攻击对方。

对于一个体力不支但手握武器的人和一条有锋利牙齿但筋疲力尽的狗来说，也许人的胜算稍大些。森紧握着刀，脑海里却浮现出与爱犬共度的日子：当他刚迷失于风雪的几个小时里，它可以凭着敏锐的嗅觉找回队伍，但它没有丝毫犹豫地跟随了主人；在诡异静谧的夜晚，虽然饥饿难耐，但它仍然选择了偎依在主人的身旁，警惕地保卫着主人。也许没有它的话，自己根本挺不到这个时候，可眼前的状况却让他不知所措。森突然感到了大自然的残忍。当忠诚的动物不得不选择背叛的时候，他宁愿选择宽容。森突然将手中的刀使劲抛向远方，于是境况立即扭转：一个手无寸铁而且体力不支的人和一条有锋利牙齿并且饥饿不堪的狗，优势显然被狗占有。雪橇犬没有放过丝毫机会，起身将森扑倒。森立时感到了无比的绝望，他甚至能感到犬从喉咙里吐出的热气，还有它舌尖上的腥味。但惊人的事情发生了，等待森的不是钻心的疼痛和喷涌的热血，而是爱犬用舌头舔着他的脖子，以温暖他冻僵的血管。就在一人一犬相互偎依的几小时后，救援队伍找到了他们。

森在生死时刻抛弃了砍刀，雪橇犬最终没有选择背叛，两个生命都获得了挽救。如果故事的结局是相反的，雪橇犬背叛了它的主人，森背叛了他的本性，那么救援人员找到的将无疑是两具冒着热血的尸体。

很多时候，我们身边的人会像雪橇犬一样不得不背叛。当我们面对这种背叛时，是选择杀戮，还是宽恕？一念之间也许天差地别，决定生死的关键在于，是否背叛了自己的心灵。

心灵寄语

这是一个感人的故事，人和狗都有感情，即使到了不得不背叛的时候，他们最终还是会选择服从自己的心灵。相信人间有爱，很多时候我们都可以用宽恕之心去理解背叛之心，因为一时的背叛念头还可以拯救，重要的是不要背叛你的心灵。

深深的体谅

冷 柏

我弟弟是初出茅庐的画家，居住在西班牙的马约尔加岛。这是我母亲到西班牙看望弟弟要返回日本那天发生的事情。

一大早，母亲和弟弟气喘吁吁地把两个大旅行箱从那座具有二百年历史的古老公寓的四楼搬下来，他们把旅行箱放在几乎无人通过的路边，坐在箱子上等出租车。

马约尔加岛不是城市，出租车不会经常往来，当然也无法通过电话叫车，只能在路边等着。谁也不知道出租车何时能来。

我弟弟因为已在岛上住了三年，很了解这种情况，所以显得坦然自在。马约尔加岛的生活与东京快节奏的生活截然不同。

大约过了二十分钟，从相反车道过来一辆出租车，弟弟立即起身招手，但他看到车内有乘客时就放下手，出租车缓缓地驶去。

然而，那辆车驶了三十米左右就停住了，那位乘客下车了。

"噢，真幸运，那人在这里下车呀。"

从车内走出的是一位看起来颇有修养的老绅士。弟弟对这个偶然感到很高兴，并迅速把旅行箱装进车的后备箱。

坐进车后，弟弟告诉司机："去机场，"并说，"我们真幸运，谢谢你。"

司机耸了耸肩膀说："要谢你们就谢那位老先生吧，他是特意为你们而早下车的。"

弟弟和母亲不解其意，于是司机又解释道："那位老先生本想去更远的地方，但是看到你们后就说，'我在这里下车，让那两位乘客上车吧。这么早拿着旅行箱站在路边，一定是去机场乘飞机的。如果是这样，肯定有时间限制。我反正没什么急事，我在这里下车，等下一辆出租车。'所以你们要谢就谢那位老先生吧。"

弟弟很吃惊，他恳请司机绕道去找那位老先生。当车经过老先生身边时，弟弟从车窗大声向那位悠然地站在路边的老先生道谢。老人微笑着说："祝你们旅途愉快。"

后来弟弟在给我的信中这样写道："我对他人的体谅与那位老先生相比程度完全不同。我即使体谅他人，自己在心里也会想：能做到这点就不错了……自己随意决定体谅他人的限度，我对自己感到羞耻。我现在真想成为像那位老先生那样的人，成为那种不经意之中就流露出对他人深深体谅的人。"

心灵 寄语

体谅是爱的抚慰，是温暖的延续，是善良的升华。在那深深的体谅中，我们看到了理解的光辉，诚挚的情感，无限的感恩。也许正是这种爱的体谅，才让心与心交融，爱与爱传递。

盲道上的爱

叶延滨

上班的时候，看见同事夏老师正搬走学校门口一辆辆停放在人行道上的自行车。我走过去，和她一起搬。我说："车子放得这么乱，的确有碍校容。"

她冲我笑了笑说："那是次要的，主要是侵占了盲道。"我不好意思地红着脸说："您瞧我多无知。"

夏老师说："其实，我也是从无知过来的。两年前，我女儿视力急剧下降，到医院一检查，医生说视网膜出了问题，告诉我说要有充足的心理准备。我没听懂，问有啥充分的心理准备。医生说，当然是失明了。我听了差点昏过去。我央求医生说，我女儿才二十多岁呀，眼睛失明怎么行？医生啊，求求你，把我的眼睛给我女儿吧！那一段时间，我真的是充分做好了把双眼捐给女儿的心理准备。为了让自己适应失明以后的生活，我开始闭着眼睛拖地擦桌、洗衣做饭。每当给学生辅导完晚自习课，我就闭上眼睛沿着盲道往家走。那盲道，也就两砖宽，砖上有八道杠。一开始，我走得磕磕绊绊的，脚说什么也踩不准那两块砖。在回家的路上，石头绊倒过我，车子碰伤过我，我多想睁开眼睛瞅瞅呀，可一想到有一天我将生活在彻底的黑暗里，我就硬是不叫自己睁眼。到后来，我在盲道上走熟了，脚竟认得了那八道杠！我真高兴，自己终于可以做个百分之百的盲人了！也就在这个时候，我女儿的眼病居然奇迹般的好了！有天晚上，我们一家人在街上散步，我让女儿解下她的围巾蒙住我的眼睛，我要给她和她爸表演一回走盲道。结果，我一直顺利地走到了家门口。解开围巾，看见走在后面的女儿和她爸都哭成了泪人儿……你说，在这一条条盲道上，该发生过多少叫人流泪动心的故事啊！要是这条'人间最苦'的盲道连起码的畅通都不能保证，那不是咱明眼人的耻辱吗？"

带着夏老师讲述的故事，我开始深情地关注那条"人间最苦"的盲道，国内的、国外的、江南的、塞北的……我向每一条畅通的盲道问好，我弯腰捡起盲道上碍脚的石子。

有时候，我一个人走路，我就跟自己说："喂，闭上眼睛，你也试着走一回盲道吧。"尽管我的脚不认得那八道杠，但是，那硌脚的感觉都在瞬间真切地从足底传到了心间。我明白，有一种挂念深深地嵌入了我的生命。痛与爱交织着，压迫我的心房。

就让那条盲道顺畅地延伸着吧！

心灵寄语

那条人间最苦的盲道，洒满了母亲对女儿深深的爱。是爱的力量让一个母亲鼓足勇气、坚定信心。或许正是这份爱随着盲道上的脚印，感动了上苍，还给了女儿一份最珍贵的光明。

我看到了一条河

凝　丝

　　刚开始学游泳时，我大概有四五岁。我们全家和朱迪斯姑姑、温迪姑姑、乔姑父一起在德文郡度假。我最喜欢朱迪斯姑姑，她在假期开始时和我打赌，如果我能在假期结束时学会游泳，就给我十个先令（先令是英国旧币，十先令相当于半个英镑）。于是我每天泡在冰冷的海浪里，一练习就是几个小时。但是到了最后一天，我仍然不会游泳。我最多只能挥舞着手臂，脚在水里跳来跳去。

　　"没关系，里克。"朱迪斯姑姑说，"明年再来。"

　　但是我决心不让她等到下一年。再说我也担心明年朱迪斯姑姑就会忘了我们打赌的事。从德文郡开车到家要十二个小时，出发那天，我们很早起身，把行李装上车，早早地起程了。乡间的道路很窄，汽车一辆接一辆，慢吞吞地往前开。车里又挤又闷，大家都希望快点儿到家。这时我看到了一条河。

　　"爸爸，停下车好吗？"我说。这条河是我最后的机会，我坚信自己能赢到朱迪斯姑姑的十先令。"请停车！"我大叫起来。爸爸从倒车镜里看了看我，减慢速度，把车停在了路边的草地上。

　　我们一个个从车上下来后，温迪姑姑问："出了什么事？"

"里克看见一条河，"妈妈说，"他想最后再试一次游泳。"

"可我们不是要抓紧时间赶路吗?"温迪姑姑抱怨说，"我们还有很长一段路程呢!"

"温迪，给小家伙一次机会嘛，"朱迪斯姑姑说，"反正输的也是我的十先令。"

我脱下衣服，穿着短裤往河边跑去。我不敢停步，怕大人们改变主意。但离水越近，我越没信心，等我跑到河边时，自己也害怕极了。河面上水流很急，发出很大的声响，河中央一团团泡沫迅速向下游奔去。我在灌木丛中找到一处被牛踏出的缺口，涉水走到较深的地方。爸爸、妈妈、妹妹琳蒂、朱迪斯姑姑、温迪姑姑和乔姑父都站在岸边看我的表演。女士们身着法兰绒衣裙，绅士们穿着休闲夹克，戴着领带。爸爸叼着他的烟斗，看上去毫不担心。妈妈一如既往地向我投来鼓励的微笑。

我定下神来，迎着水流，一个猛子扎了下去。但是好景不长，我感到自己在迅速下沉。我的腿在水里无用地乱蹬，急流把我冲向相反的方向。我无法呼吸，呛了几口水。我想把头探出水面，但四周一片空虚，没有借力的地方。我又踢又扭，然而毫无进展。

就在这时，我踩到了一块石头，用力一蹬，总算浮出了水面。我深吸了口气，这口气让我镇定下来，我一定要赢那十先令。

我慢慢地蹬腿，双臂划水，突然我发现自己正游过河面。我仍然忽上忽下，姿势完全不对，但我成功了，我能游泳了! 我不顾湍急的水流，骄傲地游到河中央。透过流水的怒吼声，我似乎听见大家拍手欢呼的声音。等我终于游回岸边，在五十米以外的地方爬上岸时，我看到朱迪斯姑姑正在大手提袋里找她的钱包。我拨开带刺的荨麻，向他们跑去。我也许很冷，也许浑身是泥，也许被荨麻扎得遍体鳞伤，但我会游泳了。

"给你，里克，"朱迪斯姑姑说，"干得

好。"我看着手里的十先令。棕色的纸币又大又新。我从没见过这么多钱,这可是一笔巨款。

爸爸紧紧地拥抱了我,然后说:"好了,各位,我们上路吧!"直到那个时候,我才发现爸爸浑身湿透,水珠正不断地从他的衣角上滴下来。原来他一直跟在我身后游。

心灵 寄语

也许他从来没有说过爱你,也许他不曾对你微笑,但是他却会在心底默默关心你,会用目光鼓励你,会在身后注视着你。这就是父亲,他给了你最宝贵的别样的爱。

他托起我的手臂

睡醒的雪

我和孩子经常在林间小路上散步，从前他总是抓住我的手一甩一甩，边走边跳的，而现在却常常把我的胳膊向上托。我奇怪地问："妈妈很老了吗？"他笑嘻嘻地说："没有啊，妈妈年轻得像小草一样呢！"

"那你为什么要这样用力扶我呢？"孩子没有解释，笑着跳着跑远了。晚上，孩子的教师打来电话，告诉我，孩子几乎每节课都要去卫生间，而且每次都会迟到。我的心一下子揪了起来，他在幼儿园曾经有过这个毛病，在医生的帮助下调养了很久才好的。现在怎么会又犯了呢？放下电话，我心急如焚，医生说过，治疗这种病不能有心理压力，我决定先观察几天。星期六是他的7岁生日，亲友们热热闹闹地聚在了一家餐厅，因为他是我们这个大家庭里唯一的孩子，几乎每个人都牢记着他的生日，各式各样的生日礼物，金灿灿的王冠，写着祝福的蛋糕，都让他兴奋无比，也让我忘记了他的病。

真是凑巧，这天餐厅里还有两个孩子过生日，于是几家人建议让三个小寿星坐在一起，孩子们兴奋地高呼起来，引得饭店的老板也走出来了，他兴致勃勃地提出要给他们赠送生日礼物，但要求他们展示自己的才华。孩子们的即兴表演真

的很精彩，吸引了许多客人的注意力。

老板的礼物拿出来了，我看见我的孩子眼睛一亮，紧紧地盯住其中的一件礼物，那是一支蓝猫枪，他曾经给我描述过许多遍的一支枪。

老板提出，他将问一个问题，回答得最好的孩子，可以第一个挑选他最喜欢的礼物，因为三件礼物是不同的。

问题出乎意料的老套：你的理想是什么？要求说出理由。我看见我的孩子偷偷地笑了，眉目间是藏不住的得意，他以为他一定会博得阵阵掌声的。我也笑了，冲他做了一个必胜的手势。

第一个孩子说要成为一个警察，第二个孩子说要做警察局局长，大家都笑得前仰后合。轮到我的孩子了，他站起来，烛光如花朵般洒在他的脸上，那一刻，小小的餐厅显得异常安静，亲友们的目光格外殷切。

他用清亮的声音说："我的理想是，永远和安锐一起上厕所，但理由我不会说的。"哄笑声，惊呼声，大人们惊诧的眼神，交头接耳的议论，家人尴尬的脸，一些就餐的孩子边笑边做鬼脸，其中一个肆无忌惮地喊着："他脑子有病啊！"我可怜的儿子，此时还没有把目光从蓝猫枪上收回来。老板不停地干咳，也许他真不知道该如何收场。

我的直觉告诉我，一定要以最快的速度带我的孩子离开这里。他刚刚7岁，他有权说愚蠢的事情，但任何人都无权如此伤害他。我牵了他的手，这时候他的手居然又轻轻地托起我的胳膊，这个习惯性的动作让我的心隐隐一痛，我们一起逃离了餐厅。

我们没有回家，在那片姹紫嫣红的树林里走着，因为这里没有嘲笑、没有伤害，只有满地落叶铺开一条金黄的路，圣洁而美好。

"妈妈，你记得安锐吗？我上幼儿园的同学。"孩子握着我的手。

我当然记得，三年前，安锐从五楼的阳台上跌下来，伤得很重。媒体做了大量报道，许多人自发地到医院去捐款，安锐父母流泪的大幅照片，至今还印在我的心里。儿子告诉我，安锐现在是他的同学，但他留下了严重的后遗症，他的腿软弱无力，在学校上厕所的时候，总要跪着上，而且他每节课都要去卫生间。有许多同学去帮助他，可是安锐无法接受老师在表扬那些同学的时候，总是提到他"上厕所"这几个字。安锐感到羞耻，他恼怒地拒绝别人的帮助。我的儿子告诉安锐，他会为他保密，他不要表扬，不要小红花，不要奖状，所以安锐接受了他的帮助。

我终于知道了，我的孩子身体没有病，我也知道了，孩子搀扶安锐已经成了一种习惯，所以才会那样去托起我的手臂，他的善良已成为一种习惯。我带他去许多玩具商店搜寻蓝猫枪，可走遍大街小巷也没有找到。我握着儿子的手，心底充满歉意，但我同时也很骄傲，因为我从孩子这里，得到了一个母亲所能得到的最贵重的礼物。

心灵 寄语

父母得到的最贵重的礼物不是孩子得到了表扬，而是他懂得用心去帮助他人。这是一个小孩儿的爱心，爱心是一片照射在冬日的阳光，使饥寒交迫的人感到人间的温暖。这是小孩儿最美好的理想。

四十年终圆大学梦

佚名

曾获首届"中国十大杰出母亲"提名奖的雷运姣从小就立志要成为"雷家第一个大学生"。然而她十岁时，父亲因病去世，母亲再婚，继父坚决不让她再读书。她的大学梦也许就永远中断了，为此她差点儿把眼睛哭瞎也没能挽回局面。

1970年，十八岁的她被继父和母亲包办嫁了人。但从结婚那天起她的丈夫就看不起没文化的她，经常嘲笑讽刺她。由于不堪忍受丈夫精神上的折磨，雷运姣曾三次自杀未遂。后来她做起了服装生意，生意很红火。但是，她的丈夫仍然看不起她，不仅如此，连她含辛茹苦养大的一双儿女也对她"没文化"表示不满。

更令雷运姣深受打击的是1997年底的一件事。当时她妹妹正在打一场财产官司，只上过小学三年级的妹妹便请"文化高"的姐姐帮忙。在对方拟好的一份协议书上，有几个字暗藏陷阱，雷运姣丝毫没看出来就签了字。经一个律师朋友提醒后，她才租车追到机场要求更改协议。对方怒不可遏，将协议撕成碎片摔在雷运姣脸上："你签了字同意了又反悔，没见过你这样没文化没素质的人！"众目睽睽之下，雷运姣强忍着没让眼泪掉下来。她终于明白了一个道理：没有知识的抗争和拼搏永远是徒劳的！此时，上大学的愿望又在她脑海中盘旋。

于是她立志从零开始，弃商从文，向她理想中的大学冲刺，那年她四十六岁。

她关闭了经营正红火的"姣姣服装店"，一心一意地做起了全日制的初中生，论年龄，她几乎可以做她同班同学的奶奶。对她最大的挑战不是面对别人的非议，而是记忆力的衰退，但她没退缩，靠着极其笨拙的学习方法和顽强的毅力，最终通过中考。以同样的方法，2002年7月7日，五十岁的雷运姣走进高考考场，头发花白的她成为我国年龄最大的高考女考生。功夫不负有心人，她被一所大学正式录取，最终圆了大学梦！

心灵 寄语

现实与梦想的距离是什么？是生死的阻隔、时空的差异，但绝不是时间的长短。只要你为梦想而奋斗不息，就会点燃希望，到达梦想的国度，即使到了生命的尽头也不会感叹空虚落寞。

衣袖上的疤

巴 山

　　肖小姐平时很注重自己的穿着打扮。那天，肖小姐穿着一件新买的衣服上班，没想到下出租车时，车门将她的衣袖划破一条口子，里面的红毛衣也露了出来。眼看上班时间就快到了，采取别的补救措施已来不及。无奈之下，肖小姐只好向出租车司机要了一条胶纸将破口处贴上。坐在办公室，肖小姐就像做了什么亏心事似的，生怕同事看出了她的破绽。就连面对同事一个普通的微笑，她都是讪讪的，显得极不自然。做事也是丢三落四的。

　　突然，肖小姐接到上司江先生的电话，让她马上到他办公室去。肖小姐更紧张得不得了。那魅力四射的江先生可是肖小姐一直暗暗倾慕的男人。肖小姐实在不愿在这个时候去见江先生。

　　一进去，江先生便将极不自然的肖小姐仔细地打量了一番。没想到，紧接着，只听江先生说道："你这件衣服真漂亮。特别是这只衣袖的装饰，设计独特，穿在身上很有个性。"此时，肖小姐再也不为自己衣袖上的疤藏藏掖掖了，心情也一下子轻松舒畅了起来。

　　中午下班后，上司江先生悄悄地对肖小姐说："早上上班时，我看到了你下出租车时的那一幕，知道你一定会因此而苦恼不安。上班后，我一直暗中观察你，果不其然，所以——"

"所以你特意叫我去你办公室，然后假意夸赞一番！"

"是的，其实别人是不会注意你那些细微的地方的，只是你自己心里太在意别人罢了。"

的确，好些时候，往往不是别人瞧不起你，只是你自己心里太在乎而已。

太在意别人的看法，很多时候你会活得很累、很约束；时时注意别人的看法，你会失去自己真正的魅力，也无法专心工作。其实别人不会注意你那些细微的地方，所以你不必太过在乎别人的看法。

何处有障碍

张小失

在一次地震中，山洪暴发，一块巨石轰然滚落，正好堵在山脚下的小镇子街口，比房屋还高。

人们不喜欢这块巨石，觉得它挡路，合计着要移走它。但是，巨石实在太大、太重。几十名壮汉齐心协力也动它不得。

有一天，一位和尚云游至此，看样子是位身怀绝技的高僧。人们向他请教移石之法，高僧看看巨石，摇头不语。人们很失望地走了。

但是，第二天早上，有人发现巨石上出现两行字，像是斧凿雕刻的：横写大字——镇街之宝；竖写小字——何处有障碍。

那字刻得漂亮，笔力雄劲，气势非凡，加上巨石这个载体，更显得浑然一体，令人赏心悦目。

渐渐地，没人再想移开这块巨石了，它一直巍然屹立在街口，还被栏杆围护着，旁边种植了一些花草，俨然成为街头一景。

多年后，这个镇子也改名为"神石镇"，巨石是它的象征，还有些人逢年过节在石头前烧香供奉……

当障碍成为风景的时候，人生的境界或许会更丰富、豁达一些。

　　事情都有正反两面，全靠你心中是怎么衡量的。当你认为它是障碍而因此烦恼时，为何不想想它还有另一面？也许障碍就成了另外一种无法言喻的美呢！这样，你的人生境界也会更丰富、豁达一些。

沃尔曼试金石

罗伯特·弗尔钦

那是1959年的夏天，我在一家餐馆打工，做夜班服务台值班员，兼在马厩协助看管马匹。旅馆老板是瑞士人，他对待员工的做法是欧洲式的。我和他合不来，觉得他是一个法西斯主义者，只想雇用安分守己的农民。我当时22岁，大学刚毕业，心里想到什么就说什么。

有一个星期，员工每天晚餐都是同样的东西：两根维也纳香肠、一堆泡菜和不新鲜的面包卷。我们受侮辱之余，还得破财，因为伙食费要从薪水中扣除。我异常愤慨。

整个星期都很难过。到了星期五晚上11点左右，我在服务台当班。当走进厨房时，我看到一张便条，是写给厨师的，告诉他员工还要多吃两天小香肠及泡菜。

我勃然大怒。因为当时没有其他更佳的听众，所以我就把所有不满一股脑儿地向刚来上班的夜班查账员薛格门·沃尔曼宣泄。我说我忍无可忍了，要去拿一碟小香肠及泡菜，吵醒老板，然后用那碟东西掷他。什么人也没有权要我整个星期吃小香肠和泡菜，而且还要我付账。老天，我非常讨厌吃小香肠和泡菜，即使要我再吃一天都难受。整个旅馆都糟透了，我要卷铺盖不干，然后去蒙坦那。我就这么痛骂了二十分钟，还不时地拍打桌子，踢椅子，不停地咒骂。

当我大吵大闹时，沃尔曼一直安静地坐在凳子上，用忧郁的眼神望着我。他曾在奥斯维辛集中营被关过3年，最后死里逃生。他是一名德国犹太人，身材瘦小，经常咳嗽。他喜欢上夜班，因为他孤身一人，既可以沉思默想，又可以享受安静，更可以随时走进厨房吃点东西——维也纳小香肠和泡菜对他来说是美味佳肴。

"听着，弗尔钦，听我说，你知道你的问题在哪里吗？不是小香肠和泡菜，不是老板，也不是这份工作。"

"那么到底我的问题在哪里？"

"弗尔钦，你以为自己无所不知，但你不晓得不便和困难的分别。若你弄折了颈骨，或者食不果腹，或者你的房子起火，那么你的确有困难，若其他的都只是不便。生命就是不便，生命中充满种种坎坷。

"学习把不便和困难分开，你就会活得快乐些，而且不会惹上像我这样的人烦恼。晚安。"

他挥手叫我去睡觉，那手势既像打发我，又像祝福我。

有生以来很少有人这样给我当头一棒。那天深夜，沃尔曼使我茅塞顿开。

此后三十年来，我每逢遇到挫折，被逼得无路可退，快要愤怒地做出蠢事时，我脑海中就会浮现一张忧伤的面孔，问我："弗尔钦，这是困难，还是不便？"

我把这句话叫做沃尔曼试金石。

心灵寄语

人生的道路上充满了坎坷，在面对挫折时，我们开始抱怨，最后痛苦的只是我们自己。学会大事化小，小事化无，天下没有过不去的坎儿，不要被生活打败，要做生活的主人，这样你会活得更精彩。

你又没有死过

笑 丫

大学同学罗刚的母亲因左后脑大面积脑栓塞导致右半身瘫痪住进医院，罗刚当时正远在美国迈阿密州攻读博士学位。

母亲入院后一直处于昏迷状态，家里人不愿影响罗刚的学业，一直拖到医院下了数次病危通知后才打电话告诉他。

罗刚已经两年多没回国探亲了，为了能见母亲最后一面，他匆匆由大洋彼岸飞赴母亲病榻前。

全身浮肿的母亲已经昏迷了23天，身上遍布针管器械，仅靠葡萄糖已经不足以维持生命了，每天还需将胃管通过鼻子将250毫升牛奶输进体内。罗刚尽心尽力地侍奉着母亲，一个星期下来，他已瘦脱了相。

家人劝罗刚回美国，他却执意要等到母亲睁开眼见自己一面。

又挨过了一星期，大夫对罗刚说："别再费心了，她早就没有意识了，你还是回家等着处理后事吧！"

罗刚当即勃然大怒："你有什么资格这么说，你又没死过！"

大夫愕然。

固执的罗刚紧握着母亲的手，依然故我地又熬过了几个日日夜夜，他相信母亲一定会睁开眼睛！

在母亲昏迷的第41天，她突然醒过来了，她那双大大的明澈的黑眼睛在一刹那将罗刚的心映照得敞亮无比，罗刚激动万分。

母亲已经说不出话了，只有尚能活动的左手轻轻地抚摩着儿子的头发，罗刚落泪了，他以为自己执着守候的拳拳孝心终于感动了上苍……泪花和笑意凝结在母亲腮畔，母亲放心地去了……

你没有死过，你怎知生命何时才是真正的终结？

即便是对死亡已经司空见惯的医护人员，对于自己从未亲身经历过的事情也没有百分之百的发言权。

罗刚说，谁也不该孤独地死去，何况是与我们骨血相通的挚爱亲人。

心灵 寄语

只要还有一丝的希望，我们也不要放弃。何况是挚爱亲人还没真正离我们而去，她还没看我们最后一眼。有时候这份执着的信念总会让奇迹出现。也许正是这份爱感动了上苍。

一生做好一件事

碧 巧

有一位作家被邀请参加笔会，坐在她身边的是一位匈牙利的年轻男作家。

她衣着简朴，沉默寡言，态度谦虚，男作家不知道她是谁，他认为她只是一个不入流的作家而已。

于是，他有了一种居高临下的心态。

"小姐，请问你是专业作家吗？"

"是的，先生。"

"那么，你有什么大作发表呢，能否让我拜读一下？"

"我只是写写小说而已，谈不上什么大作。"

男作家更加证明自己的判断了。

他说："你也是写小说的，那么我们算是同行了，我已经出版了三百三十九部小说，请问你出版了几部？"

"我只写了一部。"

男作家显出鄙夷的神色，问："噢，你只写了一本小说。那能否告诉我这本小说叫什么名字？"

"《飘》。"女作家平静地说。那位狂妄的男作家顿时目瞪口呆。

女作家的名字叫玛格丽特·米切尔，她的一生只写了一本小说。现在，我们都知道她的名字，但这则故事中那位自称出版三百三十九本小说的作家的名字，已经无从查考了。

一生只要干好一件事，这辈子就没有白过，人们就会记着你，它也会成就你。一辈子如果干了许多可有可无的事，不能专注一件事，其实对于生命而言，那只不过是在原地转圈而已。

心灵寄语

流星转瞬即逝，在那流光溢彩的背后是生命绚丽的色彩和始终如一的奋进。在岁月的长河中人的一生亦如流星般短暂，竭尽所能办好一件事，我们的人生才不算虚度，才会在划落的瞬间给天空留下美的痕迹。

创造生命的奇迹

佚 名

　　1989年发生在美国洛杉矶一带的大地震，在不到4分钟的时间里，致使30万人受到伤害。在混乱和废墟中，一个年轻的父亲，在安顿好受伤的妻子后，便冲向他14岁的儿子上学的学校。他眼前那个昔日充满孩子欢笑的漂亮的三层教学楼，现在已变成一片废墟。

　　他顿时感到眼前一片漆黑，大喊："阿曼达，我的儿子！"然后跪在地上大哭了一阵后，他猛然想起自己常对儿子说的一句话："无论发生什么，我总会和你在一起！"他坚定地站起来，向那片废墟走去。

　　他知道儿子的教室在第一层楼的左后角处，便疾步走到那里，开始寻找。

　　当他在清理废墟时，不断有孩子们的父亲急匆匆地赶来，看到这片废墟，他们痛哭着喊着："我的儿子！""我的女儿！"哭喊过后，他们便绝望地离开了。有些人上来拉住这位父亲说："太晚了，他们已经死了。"这位父亲双眼直直地看着这些好心人，问道："谁愿意帮我？"没有人给他回答，他便埋头接着挖。

　　救火队长挡住他："太危险了，这里随时可能起火爆炸，请你离开。"这位父亲问："你是不是来帮助我的？"

警察走过来："你很难过，难以控制自已，这我们可以理解，可这样不仅不利于你自己，对他人也有危险，马上回家去吧！"

人们都摇头叹息着走开了。他们都认为这位父亲因失去孩子而精神失常了。

这位父亲心中只有一个念头："儿子在等我。"他挖了8个小时，12个小时，没有人再来阻挡他。他满脸灰尘，双眼布满血丝，浑身上下破烂不堪，到处是血迹。到第38个小时的时候，突然，他听到底下传来孩子的声音："爸爸，是您吗？"

是儿子的声音！父亲大喊："阿曼达，我的儿子！"

"爸爸，真的是您吗？"

"是我，是爸爸，我的儿子！"

"我告诉同学们不要害怕，只要我爸爸活着，就一定会来救我，也就能救出大家。因为您说过，'不论发生什么，您总会和我在一起！'"

"你现在怎样？有几个孩子还活着？"

"我们这里有14个同学，都活着，我们都在教室的墙角处，房顶塌下来架了个大三角形，我们没有被砸着。"

父亲向四周呼喊："这里有14个孩子还活着，快来人啊！"

过路的人赶紧上前来帮忙。

50分钟后，一个安全的小出口被开辟出来了。

父亲颤抖地说着："出来吧，阿曼达。"

"不，爸爸，先让别的同学出去吧！我知道您会跟我在一起。"

这对了不起的父子，经过巨大灾难的磨难后，无比幸福地紧紧拥抱在了一起。

心灵 寄语

正是一份不离不弃的爱支撑着这位伟大的父亲，最后他终于在地震的废墟里拯救了14个孩子。在别人都绝望地离开时，他却创造了生命的奇迹，这份幸福来得真是太珍贵了。

购买上帝的男孩儿

徐 彦

　　一个小男孩儿捏着1美元硬币，沿街一家一家商店地询问："请问您这儿有上帝卖吗？"店主要么说没有，要么嫌他在捣乱，不由分说就把他撵出了店门。

　　天快黑时，第29家商店的店主热情地接待了男孩。老板是个六十多岁的老头，满头银发，慈眉善目。他笑眯眯地问男孩儿："告诉我，孩子，你买上帝干吗？"男孩儿流着泪告诉老头儿，他叫邦迪，父母很早就去世了，他是被叔叔帕特鲁普抚养大的。叔叔是个建筑工人，前不久从脚手架上摔了下来，至今昏迷不醒。医生说，只有上帝才能救他。邦迪想，上帝一定是种非常奇妙的东西，我把上帝买回来，让叔叔吃了，伤就会好。老头儿眼圈也湿润了，问："你有多少钱？""1美元。""孩子，眼下上帝的价格正好是1美元。"老头儿接过硬币，从货架上拿了瓶"上帝之吻"牌的饮料，"拿去吧，孩子，你叔叔喝了这瓶'上帝'，就没事了。"

　　邦迪喜出望外，将饮料抱在怀里，兴冲冲地回到了医院。一进病房，他就开心地叫嚷道："叔叔，我把上帝买回来了，你很快就会好起来的！"

　　几天后，一个由世界顶尖医学专家组成的医疗小组来到医院，对帕特鲁普进行会诊。他们采用世界上最先进的医疗技术，终于治好了帕特鲁普的伤。

帕特鲁普出院时，看到医疗费账单那个天文数字，差点儿吓昏过去。可院方告诉他，有个老头儿已帮他把钱全付了。

那老头儿是个亿万富翁，从一家跨国公司董事长的位置退下来后，就隐居在本市，开了家杂货店来打发时光。那个医疗小组就是老头儿花重金聘来的。

帕特鲁普激动不已，他立即和邦迪去感谢老头儿，可老头儿已经把杂货店卖掉，出国旅游去了。

后来，帕特鲁普接到一封信，是那老头儿写来的，信中说："年轻人，您能有邦迪这个侄儿，实在是太幸运了，为了救您，他拿1美元到处购买上帝……是他挽救了您的生命，但您一定要永远记住，真正的上帝，是人们的爱心！"

心灵 寄语

单纯的男孩儿不知道医生话里的真正含义，他真的为了救叔叔而四处去购买上帝，正是这份真心与爱心感动了亿万富翁，拯救了他的叔叔。拥有真挚的爱心比任何财富还要宝贵。正是因为人们的爱心，我们才能渡过一道道难关，才能生活得更美满。

施 舍

黎 宇

　　拉哈布·萨卡尔昂着头，大步地走着。他没带阳伞，但对灼人的烈日毫不在意。拉哈布恪守自己的处世原则，他天生一副傲骨，不屈从任何人和事。他尽自己的能力帮助别人，却从不指望得到旁人的任何恩惠，追求的只是一辈子活得有尊严、有骨气。

　　拉哈布正走着，一个黄包车夫来到他身边。车夫摇着铃铛问道："先生，您需要车吗？"

　　拉哈布转过头，发现那个人瘦得只剩皮包骨头了，目光里似乎包含着贪婪的神情。"只有那些没有人性的家伙才会以人力车代步。"这是拉哈布坚定不移的观点。因此，他一辈子连轿子都没坐过一回，认为那简直就是犯罪。他用那粗布缝制的甘地服的袖子擦了擦额头上的汗珠，连声说道："不，不，我不要。"说完继续走自己的路。

　　黄包车夫拉着车子跟在他后面，一路不停地摇铃铛。忽然间，拉哈布的脑子里闪出一个念头：也许拉车是这个穷汉唯一的生存手段。拉哈布是个有学问的人，许多概念——资本主义、平等、穷苦人、劳动分配、农村的赤贫、工业、封建主义等，片刻之间都闪进了他的脑海。他又一次回头看了看那黄包车夫——天哪，他是那样的面黄肌瘦！拉哈布心里顿时对他生出了怜悯之情。

黄包车夫摇着铃铛，又招呼拉哈布道："来吧，先生！我送您，您要去哪里？"

"去希布塔拉，你要多少钱？"

"6便士。"

"好吧，你跟我来！"拉哈布继续步行。

"请上车，先生。"

"跟我走吧！"拉哈布加快了脚步。

拉黄包车的人跟在他后面小跑。时不时地，拉哈布回头对车夫说："跟着我！"到了希布塔拉，拉哈布从衣兜里掏出了6便士递给黄包车夫，说："拿去吧！"

"可您根本没坐车呀！"

"我从不坐黄包车，我认为那是一种犯罪。"

"啊？可您一开始就该告诉我！"车夫的脸上露出一种鄙夷的神情。他擦了擦脸上的汗，拉着车子走开了。

"把这钱拿去吧，它是你应得的！"

"可我不是乞丐！"黄包车夫拉着车，消失在了街的拐角处。

拉黄包车的人是靠人力劳动替人代步来赚钱的，当你否认他的工作，为了帮助他给予车钱时，他就体会不到自己的价值，当然接受不了你这施舍的车费。因为你首先就没有尊重他的工作，黄包车夫也有自己的人格原则。

什么是诺言

龙 婧

　　杰弗逊有一个很要好的朋友，因为很小的时候他们就认识了，所以一直保持着密切的往来。他常常为杰弗逊推荐一些书，或者为杰弗逊做一些杰弗逊要他做的事，呼来唤去的，从来没有怨言。杰弗逊在他面前很随便，他说杰弗逊虽然穿着大人的衣服，其实却是个小孩儿。

　　有一年他搬了家，新年的时候他邀杰弗逊到他家看一看。杰弗逊答应了，可新年那天轮到杰弗逊在学校里值班，上午杰弗逊给他打了一个电话，他听说杰弗逊要值班，就问杰弗逊还能不能来，杰弗逊说下午过去。

　　下午在杰弗逊要离开学校的时候，有一个同事来到学校，他见杰弗逊要走，就说："您和我打一会儿网球吧！"杰弗逊说还有事，他说就玩儿一会儿，经他一说，杰弗逊有些手痒起来，就和他玩儿了起来。这一玩儿便把时间给忘了，等杰弗逊从学校里出来，天都快黑了，他只好回家了。

　　后来杰弗逊总想找个机会对朋友解释一下，可不知怎么搞的，一拖就是很长时间。时间越长，就越不想再提这件事了。心想，反正也不是外人，何必那么多礼节呢？后来竟渐渐把这件事忘了。

杰弗逊再次想起朋友的时候，是有事要求于他。电话里他对杰弗逊很冷淡，杰弗逊问他怎么了，他说："问你自己。"

杰弗逊试探着提起新年里的那件事，他说："你已经无可救药了，有那样轻率待人的吗？"他很生气，说那一天他和妻子推掉了所有的安排，只是为了杰弗逊的到来，从早晨到晚上竖着耳朵听每一阵上楼的声音，可最终杰弗逊还是没有来，之后连一个电话都没有。

他说得杰弗逊脸上一阵阵发热，杰弗逊解释说他从来没有把他当过外人，因为杰弗逊以为他们距离很近，所以就在这件事上随便了。朋友说杰弗逊是一个言而无信的人。

为了让杰弗逊知道诺言这个很平常的词的重要性，他决定不再理杰弗逊。

因为失去了这个朋友，所以杰弗逊记住了什么是诺言。

心灵 寄语

因为没有遵守诺言，所以他失去了一位挚友，而他终于记住了什么是诺言，这代价是沉重的。即使是再亲密的朋友，你也不能言而无信，朋友为了你，也许放弃了很多重要的事，但却被你随便糟蹋，这种行为无疑深深地伤害了朋友。

敬　启

　　本书的编选参阅了一些期刊报纸和著作的文字以及图片，由于多种原因我们未能与部分入选文章和图片的作者（或译者）联系。敬请原作者（或译者）见到本书后，及时与我们联系，我们将按国家有关规定支付稿酬并赠送样书。

编委会

邮箱：chengchengtushu@sina.com